邪惡貓大帝

克勞德

星際終局之戰

邪惡貓大帝 6

克勞德

星際終局之戰

文／強尼·馬希安諾
艾蜜麗·切諾韋斯

圖／羅伯·莫梅茲

譯／謝靜雯

獻詞

獻給媽，感謝她無盡的支持，對我來說重要無比。

——強尼 · 馬希安諾

獻給我爸，他永遠是最棒的那個妖怪。

——艾蜜麗 · 切諾韋斯

獻給我的八年級老師，以及我生平頭一本書的編輯：
Dale DeVillers 先生。

——羅伯 · 莫梅茲

拉吉

我叫拉吉，我是一個來自布魯克林的普通小孩，剛剛橫越整個美國，搬到了奧勒岡的艾爾巴。當初被迫搬來這裡時，我一開始覺得很討厭，不過我現在還滿喜歡的。我身邊有媽媽、爸爸，還有一隻非常特別的貓——克勞德！

克勞德

我的真名不叫克勞德，而是高貴的大王陛下威斯苛。我被放逐到宇宙的另一邊，到了這個叫做地球的落後星球，上頭住著沒毛的妖怪。當初被迫來到這裡的時候，我覺得很討厭，現在我更討厭了。

第 0 章

我躺在一片陽光下，對自己佩服得五體投地。

才不過幾天前，我在無垠深處擊敗利牙將軍，智取了他以及另外兩個企圖聯手毀掉我的狡猾軍閥。而現在我，所向無敵的威斯苛，成了宇宙的皇帝。

呼嚕嚕嚕嚕嚕嚕！

恭賀的訊息從宇宙各個角落湧進來。今天早晨，奈思普瑞斯才華洋溢的袋鼠鳥高歌了一首悅耳的曲子，稱頌我的偉大，聽了真是享受。我也得知，普立葛瑞克的銀魚，將自己的首都更名為**威斯苛地**。

我的通訊器震動了，表示又有人傳來了致敬的影片。雖然我的喉嚨因不停呼嚕而發疼，但還是按下那則訊息，一張凶惡的斑紋小臉塞滿了通訊器螢幕。

呦、呦、呦，這不是三花女王嗎？這隻可惡的地球小貓，當初在她兩個白痴兄弟的協助下，硬生生從我爪中奪走了砂盆星寶座。

「喵嗚**喵嗚**，」她說，「喵嗚、**喵嗚**、**喵嗚**！」

噢，真教我龍心大悅啊！這個小叛徒正在歌頌我呢。但我聽不懂她在說些什麼就是了。就像地球上的每一隻貓，她只會講一個無意義的貓族詞。

「喵嗚！」她繼續說，「**喵嗚**、**喵嗚**、**喵嗚**！」

嗯，這聽起來不太像是在誇獎我。

「喵嗚！嘶嘶！」

她對著鏡頭吐了一口口水，然後掛掉電話。這時我才領悟到，所謂的小貓女王剛剛一直在嘲笑我。

不過，她的訕笑讓我饒富興味。雖然我曾經使盡千方百計想要再次統治砂盆星，但現在我對那種小事已經看不上眼了。說到底，我統治的可是整個宇宙啊！

想當然耳，我必須給這隻小貓一點教訓。在如此無禮的喵喵叫囂之後，她別想逍遙法外。不過，我想要先小睡一下。

我才剛閉上眼睛，樓上的妖怪就開始互相大呼小叫。

萬物之主真的非得要忍受這些可悲低等生物的打擾嗎？

第 1 章

「拉吉!」媽呼喚,「過來把你丟在客廳地板上的髒襪子撿起來!我們再五分鐘就要出發去學校看戲了。」

「噢——耶!《拉瑟福德》!」爸在淋浴間大喊,「真是迫不及待!」

這齣音樂劇以名不見經傳的美國總統為主題,由一群根本不會唱歌的八年級生表演,我真不懂爸在興奮什麼。不過話說回來,很多怪事都會讓爸興奮。

我去把襪子撿起來,拿到樓下的洗衣間。

「你好大膽子,竟敢打攪威震天下的宇宙之主,奴工。」聲音從克勞德的砂盆傳來。

「你知道嗎?我其實不喜歡被叫奴工。」

「那你寧可被叫賤民嗎,賤民?」

我嘆了口氣,將襪子丟進洗衣籃。我不確定「奴工」或「賤民」的意思,可是我知道克勞德是個可惡的傢伙。他最近除了比平時更常羞辱我之外,他還老是說,他得到了宇宙皇帝的冠冕後,變

9

得有多重要：次數頻繁到讓我好希望，他當初沒決定要用我家地下室作為「宇宙指揮中心」。

克勞德在原本的貓砂盆上做了很多升級，我往裡頭一瞥，看到了好多按鈕和螢幕，簡直就像美國太空總署的迷你任務控制中心。我看到了一個非常

大的紅按鈕，忍不住伸——

「**不准碰！**」克勞德說，將我的手拍開。

「好啦，好啦，」我說，「那是做什麼用的？」

「**那個**按鈕會降下這個淒涼銀河四周的防護力場，接著我就能壓下這個按鈕——」他指著一枚綠色按鈕——「只要我想要，轉眼就能將我帶離你們這個悲慘星球。你看，我的宇宙指揮中心現在也是個瞬間移動機！」

克勞德開始發出呼嚕呼嚕聲，聲音大到聽起來就像是噎到了一樣。

克勞德在成為皇帝以前，他指定銀河為**星際荒地保留區**，我覺得這有點侮辱人。他好像覺得人類只是一群非洲牛羚什麼的。不過，我很高興他這樣做，因為這表示他的敵人都無法衝破銀河力場，對他下毒手。

「拉古！」媽往樓下喊道，「我們走吧！找可不想遲到。」

「《拉瑟福德》！」爸大喊。

「去吧，臭妖怪，」克勞德說，「離開帝王至尊之前，記得鞠躬行禮！」

第 2 章

妖怪們離開之後，我完成了被男孩妖怪無禮打斷的小睡，然後將注意力轉向極度關鍵的星際計畫：

幸災樂禍。

最能取悅戰士靈魂的，莫過於看著敵人受苦受難。而受苦受難的，正是我**邪惡、破壞、壓迫、更多邪惡的軍閥聯盟**（AWESOME）的前同事正在經歷的事。

在他們企圖奪走我性命失敗之後，利牙將軍、艾克隆上校、佐歌大元帥被送進了全宇宙最戒備森嚴的哈姆史德監獄星球。被牢牢關在鋪滿鋸木屑、堅固無比的鈦塑膠箱裡，插翅也難逃。還有氣勢逼人、全副武裝的倉鼠守衛，而他們的牙齒可多了。

更棒的是，這個星球的每一公分都有小小無人機時時刻刻監視著，讓我可以舒舒服服從指揮中心觀察死敵們的動靜。我戴上 VQ 虛擬實境頭罩，準備享受整晚的娛樂。他們（我最痛恨的三個敵人）就在那裡，在哈姆史德的塑膠酷刑球體裡滾來滾去！

哐啷！

佐歌把她的球撞向利牙的球。

　　「你這個惹人厭的呆瓜！」利牙吼道，「再撞我一次，我就割掉你的背鰭，拿來當早餐吃！」

　　佐歌瞇著眼睛，漾起笑容。「佐歌賭你不敢，小貓。」

　　「噢，真討厭看到我的老朋友起內訌！」我宣

布，「就像我討厭在酷刑球裡看到他們一樣。」

「克勞德！」利牙低嘶，毛髮沿著瘦巴巴的背脊豎起。

艾克隆發瘋似的四處張望，想看我的聲音從哪裡傳來。

「如果小貓這麼討厭這種狀況，」佐歌說，「為什麼不放我們自由呢？」

「他是在諷刺啦，你這個小腳蠢蛋！」利牙將自己的球撞向佐歌的球說。

「佐歌知道！」佐歌狠狠撞向利牙說，害得他摔了一跤。「佐歌很有幽默感！」

「我們不接受這種凌虐，臭貓族！」艾克隆吱吱叫，「這些球殘酷又──**哎唷**！」

佐歌撞進了艾克隆的球。「**耶耶耶**，好好玩！」她說，「佐歌很愛這樣玩！」

「這才不──**哎唷**──好玩！」艾克隆嚷嚷，再次遭到撞擊，「這──**哎呀**！──真是侮辱人。」

佐歌呵呵竊笑著。「艾克隆不喜歡，因為艾克隆的球小不隆咚。」

「我的球**才不小**！」松鼠上校喊道，「大小剛剛好。」

啊，眞是大快人心。「我過來原本是想要對你們三個落井下石，再多添點羞辱，」我說，「但你們在互相羞辱上，已經表現得可圈可點，我沒什麼好補充的。」

「你別想逃出我們的掌心！」利牙發誓。

「逃不出你們掌心的，」我說，「只有無盡的**運動**！」

第 3 章

　　大家爲《拉瑟福德》起立鼓掌。雖然演出時我大多都在睡覺，但我還是跟其他人一起站起來拍手。

　　「我很愛《布蘭德－艾利森法案》的那首曲子。」媽說，我們正走出艾爾巴中學的劇場。

　　「是啦，拿金本位制度來饒舌比賽，向來**很棒**。」我邊說邊翻白眼。

　　當爸排隊等著喝幾乎無法運作的飲水機時，開始念起那齣音樂劇的饒舌段落。

　　「『聽著，你們各位，我要跟你們講講 old days／還有拉瑟福德 B.海斯的種種作爲。／他是我們的總統，總司令，／他和壞蛋、騙子關係緊張、衝突連連。』來吧，拉吉，跟我一起唱副歌。」

　　我想逃之夭夭時，卻撞上了一個學生的爸爸。

　　「嘿，動作慢點，拉吉！」

　　是蠍子的爸爸，他兒子爲人有多討厭，他爲人就有多好。

　　「嗨──呃，對不起。」我說。

「沒關係！很高興碰上你。或者其實應該說是你碰上我！」他說，「我想，你對我要成立的課後社團應該會有興趣。」他遞出一張傳單。

聽到**社團**這兩個字，我媽的耳朵豎了起來。

「這看起來是一項充實的活動耶。」媽說，越過我的肩膀讀著。

「我想多參與兒子的教育，」蠍子先生說，「我想他可能需要。」

新聞編採社聽起來滿有趣的。不過，跟蠍子一起從事課後活動？我才不要。

「拉吉對新聞報導一定有很棒的想法，」媽用手肘推推我說，「對吧？」

「呃⋯⋯」真的該離開這裡了，可是我轉身去看爸，他還忙著饒舌的念唱；更糟的是，蠍子和蝾螈都慫恿他繼續表演。

「克里胥醫師，你是專業的饒舌歌手嗎？」蝾螈說。

離我最近的逃生地點是男生廁所。想想裡面有多噁心，而我考慮往那裡逃，就證明情勢有多糟糕。

第 4 章

　　我讓敵人們面對悲慘的命運，而我將注意力轉向我身為帝王的職責。在思考怎麼讓宇宙成為更宜居的地方後，我擬訂了幾條宇宙新法規。

　　詔令 # 1：每座銀河都必須向皇帝獻上最精緻的食物，作為表示恭賀的貢品。

　　詔令 # 2：厚紙箱不能再拿去回收再利用，一定要免費供應給距離最近的貓族。

　　詔令 # 3：全面禁用毛衣！只要被發現擁有用來覆蓋身體的編織產品，就會被放逐到哈姆史德五百年。

　　詔令 # 4：每次日昇，宇宙的每位公民都必須向他們全能的君主宣誓：「我發誓效忠皇帝、效忠他用來站立的四掌。一個宇宙，在克勞德統管之下，堅不可摧，勝利和榮光都歸於他，只歸於他。」

詔令＃5：所有貓族星球上的三花毛皮統治者，都必須將皇帝之名首寫的字母剃進毛皮裡。

　　我很確定我的千億臣民都會欣然遵循這些聖旨——當然，除了某位特定臣民——我打電話給我的嘍囉，想確認這項事實。

　　「哇，這份清單真精采，令人讚嘆的帝王，」澎澎毛說，「我特別欣賞第二點。」

　　「是的，我也以那點為傲。」

　　「可是第五點，**哇喔**！」他瞪大雙眼，「小貓女王肯定氣得嘶嘶叫。」

　　「是吧！」我得意的說，「不過有個問題。我要怎麼將這些絕妙的詔令傳往宇宙的其他地方呢？」

　　「這些事務不是該交由您的首相來打理嗎？」澎澎毛問。

　　「我的什麼？」

　　「您的首相——巴克斯，」我的嘍囉說，善良動物團隊遴選他為您的左右掌！這團隊現在主掌宇宙議會。您在加冕的時候沒注意聽嗎？」

　　我背脊上的皮毛豎了起來。「我當然不會去聽

那些乏味的演說！巴克斯？我的首相竟然是他？真是令人髮指！他一定會拒絕執行我的法律。你也知道他有多愛毛衣。」

「唔，我想您可以使用 GlittR 來分享您的政策。」

「GlittR ？」我說，「以 87 個月亮起誓，那又是什麼東西？」

「全宇宙使用最廣泛的通訊平台，」我的嘍囉說，「就是大家所謂的社群媒體。在砂盆星上沒有，因為，唔，貓們並不喜歡對方。」

「那我為什麼要關注這個**社群媒體**呢？」

「喔，因為要把自己的訊息傳播出去，沒有比這個更好的管道了，」他說，「皇家 GlittR 帳戶有 86 兆 9 千億個粉絲追蹤。您可以貼的不只是詔令，您高興貼什麼就貼什麼。您的每個靈光乍現——您煩心的事情——都可以立即傳遍整個宇宙。而您寫的內容甚至不必是真的！」

「澎澎毛，這真是棒透了，」我說，「登入那個皇家的 GlittR 帳戶，立刻發布我的詔令。不過，第一則詔令要更新。」

「是什麼？主中之主？」

「凡是皇帝貼出的內容，等同適用全宇宙的法律。」

宇宙根本沒概念，自己即將面臨的是什麼！

第 5 章

「你離開以後，我一直在跟那個人還不錯的先生聊天，」我們開車回家的時候，媽對我說，「我認為他創建學生刊物的想法非常好。」

「呃，當然，」我說，我急著找到耳塞，這樣就可以趕在她開始嘮嘮叨叨講個沒完前，把耳朵堵起來，關於——

「報紙是生活在民主國家裡的重要元素，拉吉。報紙提供新知，闡明世界上的問題。可是美國各地的報社一間接著一間關門大吉，因為網路正在摧毀印刷媒體。」

我看不出一份中學的報紙對那個狀況有什麼幫助，但我也不想跟媽討論這件事。「唔，希望蠍子先生的社團很棒。」我說。

「不是他的社團，是**我們的**社團。」

「啊？」

「我自願成為第二個家長協調員！」媽說。

「所以，你要在我沒參加的狀況下，投入那個社團嗎？」

她搖搖頭。「不是的，拉吉，你也要加入。」

「我想這個點子很棒，」爸說，「記者就像英雄一樣，想想伍德華和伯恩斯坦，或是克拉克·肯特和露易絲·萊恩。」

我不理爸。「可是，媽，我加入籃球社團了耶！」

她把手往後伸，拍拍我的膝蓋。「籃球並不是文化素養活動，拉吉。」

爸看著她。「如果拉吉想要增加一些關於素養的東西，」爸說，「可以跟我一起研究發酵食品。我從明天開始，要上六個星期的密集線上課程！」

老實說，我不知道怎麼回答。

「我想你會很享受當新聞編採社團的一員，」媽說，接著露出笑容，「既然都說定了，那要不要到**一級棒拉麵店**去吃晚餐呢？」

「好吃！」爸說，「你知道**醬油**是食物發酵過後的產物嗎？」

「你不要以為用拉麵就能收買我。」我在後座喃喃，叉起手臂。

事實是，真的可以。**一級棒拉麵店**最棒了。

第 6 章

我的早晨以幾則靈思泉湧的貼文開始。

 @LordofAllLivingMatter 　　　 •••

詔令＃ 37：所有狗族在犬星星群之外的星球旅行時，都一定要繫上牽繩。

💬 7,505　　🔁 1,207　　♡ 2,630　　🔗

 @LordofAllLivingMatter 　　　 •••

詔令＃ 38：宇宙中的每個存在體必須將皇帝尾巴的長度，作為基本測量單位。

💬 8,988　　🔁 2,304　　♡ 1,999　　🔗

 @LordofAllLivingMatter 　　　 •••

詔令＃ 39：Thwok-P 星座應該依照我的樣子重新排列。

💬 5,336　　🔁 1,341　　♡ 2,102　　🔗

有整個宇宙供我差遣，令我了解到，自從上次使喚我的男孩妖怪以來，已經經過快十二個小時了。另外，如此有效率的執政，令人饑腸轆轆。

　　「賤民！朕立刻要吃早餐。」我宣布。

　　與此同時，男孩妖怪正在堆滿東西的雜亂臥房裡竄來竄去，想找自己最愛的足部覆蓋物。他常常在出門去上他荒唐的學校之前作這種事。

　　「你的食物在廚房。」他無禮的說。

　　「那就去拿啊，低賤的平民。」

　　「克勞德，就跟你說過了，我不是賤民，也不是你的僕人。」

　　「你當然是啊。你跟這棟房子裡的其他醜惡人類一樣，都要任我差遣，」我宣布，「更甚以往。」

　　「我在**無垠**救了你一命，記得嗎？」男孩妖怪說，「我難道不應該得到，那個，一點尊重嗎？況且，爸媽都已經出門了，我得上學去了。」

　　「好吧，那我不勉強你去拿我的早餐過來。我願意讓你把我抱到我的碗那裡。」

　　「我**為什麼**要做這件事？」

　　「這樣的話，骯髒的地板才不會玷汙我的尊貴掌子，」我說，「你沒收到詔令＃23嗎？」

這個人類現在翻了翻眼球,著實不堪入目。

「好吧,」他說,「我把吃的端來給你。」

男孩妖怪盡忠職守,他將一碟牛奶擺在我面前。

「好賤民,」我說,「現在立刻退下。」

「我知道,」他說,「我會**大**遲到。」

「我的**意思**是,從現在開始,我的要求是,朕用餐的時候,你不能在場。你的長相會害我尊貴的胃**翻攪**。」

因為,說實在的,有什麼比人類還令人反胃的景象嗎?我想並沒有。

第 7 章

　　當我以為我的貓不可能更侮辱人的時候，他證明我錯了。

　　「我要離開，是因為我必須離開，才不是因為你突然覺得，在我身邊吃東西會想吐，」我說，「我不會時時對你唯命是從，克勞德。」

　　「噢會的，你會，」他說，「不然，你就等著下半輩子到哈姆史德的球裡滾來滾去吧！」

　　我不知道他在說些什麼，可是我不能留下來追問，因為我得趕上雪松和史提夫的腳步。上學途中，我有重要的事情要問他們。

　　「報紙？」我跟他們說了社團的事之後，雪松問。

　　「對啊，」我說，「你們一定要參加！」

　　讓我過意不去的是，我沒提蠍子也會在這個社團裡，尤其在雪松對整件事這麼興奮的狀況下。

　　「校園報紙是很棒的點子，」她說，「我是說，想想這份小報可以處理所有重要的議題。像是我們需要更多學習專家，來幫助有閱讀障礙和書寫障礙

的小孩。或是我們的教室太擠了。或是——噢天啊——還有學校的管線問題。」

「管線？」我說，「誰想讀**那個**啊？」

「那真的是個問題，拉吉，」雪松說，「全校只有一個可以正常運作的飲水機。還有廁所呢！那簡直就像有棵樹從女廁馬桶長出來。」

她說得有道理——學校廁所超恐怖的。給皂機故障了，而且從來不提供擦手紙。另一方面來說，到處都是衛生紙——只是不在應該在的捲筒上。

所以，雪松肯定會加入。

「史提夫，你呢？」

他聳聳肩。「我不知道。我不喜歡寫東西，或是讀那麼多東西。除非是漫畫。」他的臉突然一亮。「嘿！以前的報紙不是都有漫畫嗎？你知道的，就是九〇年代的時候。我可以有自己的漫畫專欄嗎？」

「你會畫漫畫？」我跟雪松異口同聲說。

「呃，會啊，」史提夫說，脹紅了臉，「那是我的最愛。」

真沒料到。

第 8 章

@LordofAllLivingMatter   • • •

詔令 # 79：從今以後砍樹是違法的，觸法者將被綁在喬思林恩帶的小行星上，順著軌道繞行五十圈。

💬 9,665   🔁 2,067   ♡ 3,234   ⬆️

@LordofAllLivingMatter   • • •

詔令 # 80：任何狗族只要犯下魯莽搖尾巴之罪，就會被判處長達八億萬年的苦勞刑期。

💬 7,985   🔁 1,372   ♡ 2,356   ⬆️

@LordofAllLivingMatter   • • •

詔令 # 81：所有離開家鄉星球、身上有斑紋的地球貓，都必須學會怎麼用實際的話語表達。

💬 6,502   🔁 1,504   ♡ 1,231   ⬆️

又一個成果豐碩的立法時段過後，我開始想知道，我的詔令會有何成效。整個宇宙肯定都在稱頌我的英名。（不只是因為有幾則聖旨貼文要求如此。）大家都愛以鐵掌統治的獨裁者。

通訊器響了。是首蠢（首相）巴克斯。

「嘿，好兄弟！」那條狗說，「當上宇宙皇帝以後過得如何？」

「我相信問題應該是，我身為宇宙皇帝以後，你和你的笨蛋同伴們過得如何？」我愉悅的甩動著尾巴，「我相信你已經看到，我針對你們物種所下達的詔令。」

笨蛋狗一臉垂頭喪氣，看了真是令人痛快。

「唔，我就是想跟你談談這件事。你在GlitterR帳號上發表的內容，其中有一些，唔——」

「等等，」我說，瞇眼望著螢幕，「你身上穿的是**毛衣**嗎？我早在詔令＃3就已經明令禁止穿毛衣了！」

「對。是。嗯，我該怎麼跟你說才好呢？」笨蛋狗說，「你的每則貼文都**不算是**宇宙法則。」

「你在胡說些什麼？」我說，「我的第一條詔令明訂，往後我的每則貼文都是宇宙法則。我到底是不是萬物之主啊？」

「老實說，這個頭銜比較是儀式性的，」笨狗對我無禮的喘著氣說，「而且你知道，連皇帝都必須遵守**良善行為通則**吧？」

「我不知道有這回事。」

「這全都在加冕典禮的時候說明了啊，」笨蛋狗說，「你沒在聽嗎？」

「為什麼每個人都一直這樣問我？」我低嘶，「沒有，我沒在聽。我忙著策劃我的恐怖統治！」

「欸，克勞德，宇宙議會可是花了幾千年時

間，才完成那套通則的。內容真的很棒！」那個白痴搖著尾巴。「明文規定，只有議會成員可以制定法律，而給予皇帝的權力是可以赦免囚犯、保護環境、頒發獎章**以及**獎項。還有，當然了，那個通則也賜予大家發表言論的權利與自由——嘿！你根本沒在聽，是吧？你剛剛是不是又貼了文？」

@LordofAllLivingMatter 📋 ⋯

詔令＃ 82：惹皇帝無聊者，將處以死刑。

💬 4,834　　🔁 1,531　　♡ 3,020　　⬆️

「欸，克勞德，你必須好好聽我——」

「不，我不需要。」

「其實你需要。身為首相，我是宇宙議會之首，頒布法令是我的職責。雖然我寧可當接受的一方，尤其是『你丟我接』！」笨蛋狗愚蠢的搖搖尾巴。

「我的臣民不會接受的！」我說，「他們肯定很崇拜我跟我的新詔令。」

巴克斯的愚蠢舌頭縮回了嘴裡。「嗨，你看過別人的回覆和轉發的貼文了嗎？」

　　我清清喉嚨。「沒有。為什麼這樣問？」

　　「唔，如果你真心想知道臣民對你的想法，也許你應該瞧一瞧。」

第 9 章

　　午餐時，麥克斯和布洛迪針對報紙的專題，提出了不少構想。

　　「數學的數字太多了！」麥克斯說。

　　「中學需要課間休息！」布洛迪叫道。

　　麥克斯用漢堡指著我。「家庭作業對你沒好處，但電玩就很有幫助。」

　　「對啊，可以增加手眼協調度，」布洛迪說，「學校應該取消自習時間，改成電玩時間。而且我們的自助餐廳應該提供霜淇淋。」

　　接下來十分鐘，他們繼續你一言我一語，逗得對方哈哈笑，可是我怎樣都無法說服他們加入這個社團。

　　數學課的莎拉認為，她可能會想發表關於運動競賽的文章。她是全校最厲害的排球選手，也是跑得最快的。「田徑賽季要到了，我可以去訪問德柏教練。」最後一聲鐘響時，她說。

　　接著我犯了個錯，不小心透露蠍子也會在社團裡，結果她說她得考慮一下。

我其實不能怪她。

說起蠍子，我還沒走到學校前面的人行道，就聽到：

「嘿，**魯蛇**！」

我轉過身去。蠍子和蠑螈正直直朝我走來。

「你幹麼跟別人說，我在你的蠢新聞編採社裡？」

「你指的是**你**爸要成立的那個嗎？」我說。

「那又不表示我會參加。」蠍子說完便跟蠑螈擊掌。

「如果你參加，可能會學到一點東西。」我說。

「是啦，我會學到你這人有多蠢——噢等等，這點我老早知道了。」

蠑螈竊笑，蠍子再次跟她擊掌。他們是閒著沒事就到處溜滑板、互相擊掌嗎？

我嘆了口氣，替自己辯解也沒什麼意義。

我只能希望蠍子說的是真心話：他**不**打算參加新聞編採社。

第 10 章

　　星際對我詔令的回應，不只教人震驚，也令人憤怒。

@Badbozzz3
貓就是這樣！

💬 2,084　🔁 1,569　♡ 1,200　⬆️

@AnRkeeWeeZill
聽說他根本是寵物——在地球上。

💬 1,928　🔁 1,345　♡ 1,654　⬆️

@CozmicFerret
地球寵物！哈、哈、哈！

💬 2,338　🔁 1,545　♡ 1,222　⬆️

@TheDood22
永遠支持毛衣！

💬 5,284　🔁 3,453　♡ 2,987　⬆️

我原以爲小貓女王會蔑視我的詔令。不過，這些都不是來自於她，因爲它們用的都是實際的字。這些懦弱卑鄙的惡棍是誰？竟敢大肆說我壞話？

澎澎毛告訴我，這些無賴是所謂的「酸民」。但不是民間傳說那些在橋底下流連、英俊聰明的生物。而是潛伏在社群媒體裡，可恨且殘酷的東西。

他們真是惡霸！他們難道不知道謾罵中傷是很無禮的行爲，而且用刻薄的字眼會傷害到他人的感受嗎？

我要把**他們全都**送去踩倉鼠滾輪！

 @LordofAllLivingMatter ☑   • • •

詔令 # 121：有坐在家裡，匿名羞辱比他們高等者的那些懦夫，都會被監禁在哈姆史德長達五百年！！！

💬 9,060   ⟲ 2,467   ♡ 3,632   ↥

幾千則回應幾乎轉眼就開始出現在 GlittR 上。

@CatHate88 •••
噢，那個小胖子不高興了嗎？

💬 3,045　🔁 1,439　♡ 2,100　⬆️

@IDrinkCatTears •••
不、不、不、不、不、不！

💬 3,934　🔁 1,356　♡ 1,434　⬆️

@SlyLyle5 •••
他以為他是誰啊？

💬 4,638　🔁 2,245　♡ 2,322　⬆️

@PowerWeasel •••
就是那隻軟弱無用的皇帝貓！

💬 2,054　🔁 1,532　♡ 1,298　⬆️

@Mink2Mink •••
哭哭！

💬 1,898　🔁 1,675　♡ 1,344　⬆️

@TrollzLeague ・・・
就我看來，他是個徹底的冒牌貨

💬 3,438　　🔁 2,345　　♡ 1,422　　⬆️

@Fantastic_Finx ・・・
冒牌貨克勞德！

💬 2,875　　🔁 1,698　　♡ 1,457　　⬆️

@NotACat ・・・

💬 2,538　　🔁 1,445　　♡ 1,522　　⬆️

　　我讀越多，我的血就越沸騰。當然，我贊同恨意和揶揄，不過如果針對我而來，可就大不相同了。
　　等我查出寫這些回應的是誰，我就動員皇家軍隊追殺他們。我會讓他們見識一下，**我**心目中的「良善行爲通則」是什麼。就是把他們轟成碎片！

第 11 章

　　我放學回家時，爸的車子停在車道上。不過，我在屋裡都找不到爸，於是到地下室去問我的貓。「嘿，克勞德，你有沒有──」

　　「走開，妖怪！」他喊道，連腦袋都沒探出盆子，「我忙著殲滅酸民！」

　　「你買了《TrollMaster》嗎？我一直超想買那個遊戲的！」我說，「可是在砂盆裡，你要怎麼戴 VQ 頭罩玩？」

　　「我已經說了一百萬次，這裡是**宇宙指揮中心**，」他哈氣，「而且我不是在『玩』！」

　　我搖搖頭，走回樓上。克勞德需要調整一下那種傲嬌的態度。

　　可是爸到哪去了？也許在角落煮咖啡？我正準備去察看時，就聽到從車庫傳來的玻璃破裂的聲音。

　　「哈囉？」我呼喚，一面打開廚房跟車庫之間的門。

　　裡頭超瘋狂的。折疊桌上堆滿了瓶瓶罐罐，還

有我這輩子沒見過，多到爆的胡蘿蔔、甜菜和包心菜。我爸穿著我媽的實驗袍，站在這些東西裡，看起來像個瘋狂科學家。

「你搶了雜貨店嗎？」我問。

「嗨，兒子！」他面帶燦爛笑容說，「記得我跟你說過的線上發酵課程嗎？唔，我原本不知道該選醃漬物，還是酸麵種。不過我一看到他們有個叫『四K』的工作坊時，就知道我非做不可了！畢竟，

K 是——」

「整套字母裡最歡樂的派對字母，我知道，我知道，」我說，「所以四 K 代表什麼？」

「Kombucha（康普茶）、kefir（克菲爾酸奶）、kraut（酸菜）和 kvass（克瓦斯）！」爸說。

「什麼是**克瓦斯**？」

「很美味喔，那才是重點！而你，拉吉，會愛上當我的試味員。」

我環顧車庫裡的一堆堆農產品，實在很懷疑這件事。

「嘿，想跟我一起切包心菜嗎？」

我真的不想，但爸一臉充滿希望。

「好啊，當然，」我說，「有何不可？」

第 12 章

　　沒多久我就查出在 GlitterR 上挑釁攻擊我的是誰。澎澎毛寫的追蹤軟體程式顯示，幾乎有半數的負面評語——加上九十幾趴真正惡毒的那些，都來自費爾厄特。

　　這一點都不令人驚訝。費爾厄特，位於特別爭強好鬥的銀河，是黃鼠狼聯邦星球的首都，就是我統治砂盆星期間，反覆征服好幾次的地方。

　　如果那些黃鼠狼以為他們可以嘲笑我而不用承擔後果的話，他們簡直錯得可悲。我會讓那些愛煽風點火的傢伙，嘗嘗皇帝的怒火！

　　因此，我強忍著反感，打電話給巴克斯。我需要他幫忙從宇宙各個角落召喚皇家軍隊前來，準備出兵征戰。

　　可是那個蠢蛋連這麼簡單的要求都聽不懂。

　　「所以，你到底想要**什麼**？」他問。

　　「進攻費爾厄特啊！」

　　「不過，那裡幾乎可以算是你的了，」巴克斯說，「我的意思是，你是宇宙的皇帝。又何必進攻

他們呢？」

「想也知道，就是為了懲罰他們的侮辱啊。」復仇這個概念，到底有哪個部分是這條狗不懂的？

巴克斯搔搔耳朵。「我不得不在這裡掌停你一下，克勞德。抓到笑點了嗎？暫停？掌停？因為我們都有掌子？總之，我承認他們的留言有些相當惡劣，但是**良善行為通則**保護言論自由，記得嗎？況且，那些黃鼠狼現在是你的臣民，你真的不該懲罰他們。」

「不懲罰我的臣民？那**擁有**臣民的意義在哪？」我說，「把你的愚蠢舌頭塞回嘴裡，召集眾將領前來開會，以便部署我的宇宙軍隊。噢，我還需要啟動原子彈的密碼。」

「皇帝沒有任何軍隊，克勞德，」巴克斯說，「也沒有炸彈。」

「你再說一次。」我說。

「皇帝手上沒有任何軍權，這樣已經好幾千年了，克勞德，」巴克斯說，「上一任女皇從沒出面阻止你征服其他銀河，你難道不覺得奇怪嗎？」

「我還以為只是因為她可悲又懶惰。」

「欸，我手邊正好有些好消息，」巴克斯說，

「皇室工作季今天正式開始。我剛從宇宙會堂回來，有**不少**重要事務要請你處理。」

聽起來很吸引人。「像是什麼？」

「你會很愛這個的，」巴克斯瘋狂搖動尾巴說，「首先是到布亞象限參加剪綵典禮。」

「剪綵典禮？」這個黃色蠢蛋不是認真的吧。

「對！為了一家新成立的和平學院，喬吉恩星群的年輕貓鼬和蛇會在那裡一起研修，學習怎麼放下分歧。」

我咳出了一顆毛球，掛斷那個傻子的電話。

第 13 章

媽回到家，看到爸的發酵新計畫時，很不高興。

「克里胥！這樣我們車要停哪裡？」她說，「你必須把這個……移到外頭某個地方。」

爸想要抱怨，但媽告訴他，車庫是放車子，而不是用來放包心菜的。

「你怎麼不去用園藝棚屋？」她說，「從我們搬進來就沒打開過。」

那不是真的。我們打開過——就一次，結果有幾百隻蟲子爬了出來。

「來吧，拉吉，」媽說，「我們來幫你爸把棚屋打掃乾淨。」

裡面的狀況跟我記得的一樣糟。除了一大堆蜘蛛和臭蟲，還有前任屋主留下來的不少東西。我跟媽把那些防水油布、生鏽鐵鍬、裂開的花盆都移開，爸則忙著打包他的瓶罐和蔬菜。

棚屋清空後，我幫忙爸把他的用品搬過去。可是，我被壞掉的耙子把手絆倒，灑得自己滿身酸菜

汁。突然間，我渾身溼答答，聞起來像是熟食店。

「拉吉，我想你最好去沖個澡，」媽說，「新聞編探社的第一場會議是六點半。」

我還以爲今天不會更糟了。

到了樓上，我發現克勞德躺在床上。他睜開一眼。

「妖怪，你剛剛捲進什麼戰鬥了嗎？」

「沒有，」我說，「我剛在幫我爸媽。」

「可惜，」他說，撫平一根鬍鬚，「唔，有興趣**出戰**嗎？我正在替我的皇家軍隊招兵買馬。」

　　我脫掉溼透的上衣。「呣，沒有。」

　　「那麼對我來說，你毫無用處，」克勞德說，「一如既往。」

第 14 章

沒有軍隊，我該如何鎮壓敵人？說真的，沒有軍隊，我什麼事都做不了？

男孩妖怪渾身散發酸味，已經到水噴嘴那裡勉為其難接受酷刑，這時我的嘍囉打電話來。我甚至沒先痛罵他一頓，而是好聲好氣解釋了當前的情勢。

「等等，什麼？您沒有皇家軍隊？」澎澎毛說，「沒有軍隊的話，要怎麼在全宇宙中引發恐懼？」

「那就是我的疑問，」我說，「這令人氣餒極了。快給我好消息吧，澎澎毛。告訴我，砂盆星的貓如何崇拜我的反犬詔令。」

「噢，確實，偉大的君王，」我的僕從說，「那些新法律非常受歡迎。」

「還有那隻三花，」我發出呼嚕聲，「她的皮毛上剃了我的姓名首字母縮寫，看起來如何？」

「這個嘛，老實說，」澎澎毛說，「她**並未**照做。」

我的呼嚕聲在喉嚨嘎然停止。「我相信她至少遵從了詔令＃27吧？**所有的統治者都必須讚美我，在每棟建築掛上印有我肖像的布條。**」

「噢，**絕對**有印著您肖像的布條，可是我真心不認為您會想看。我是說——」

「給我看！」

澎澎毛嘆口氣，讓通訊器同步播放砂盆星街頭巷尾的直播影音，到處貼滿了讓我看了氣到尾巴炸毛的圖片。

「這些圖都被改過了！讓我看起來像個蠢蛋——他們把我弄得幾乎跟你一樣呆！」我怒吼，「還有**那一張**！我聞巴克斯屁股的樣子。真是**天理不容**！」

「如果您覺得那很糟，那麼您應該聽聽她對您的效忠誓詞。」我的嘍囉嘀咕。

「立刻念給我聽！」

「您不會喜歡的，」**他說，「我發誓要背叛皇帝／他是個愚笨的大混帳／對那個蠢蛋，我不得不說／喵嗚、喵嗚、嘶嘶嘶。」**

我的血液滾滾沸騰！我必須摧毀什麼才行。

不——我必須摧毀**某人**！

「這是我**最新**的一道詔令：**小貓女王就此廢黜！**」我怒吼，「等她的鬍鬚拔掉，尾毛剃光，就把她刺死在磨爪柱宮殿最高的尖塔上！」

我的嘍囉瞪大眼睛。「哇，那做來可不簡單，」他說，「讓我知道您何時打算發起革命，因為我想躲進某個地下掩體裡避難。」

「立刻進行，」我湊上前去說，「就由**你**來推翻她！」

嘍囉一副眼珠子要迸出腦袋的模樣。他嚥嚥口水。

「我嗎？」他說。

「對，」我說，「你。」

他的鬍鬚開始害怕的顫動。「呃，在我推翻三花女王**以前**，您要不要再給她最後一次機會？讓她好好遵循您的命令，噢慈悲的領袖。」

我正準備對這個可悲的提議大發脾氣時，接著轉念一想——慈悲的領袖？這倒是新鮮事。有 10,001 個稱號彰顯著我的榮耀，多加這個形容詞似乎還不錯。

「好吧，」我說，「我給那隻三花最後一次機會。如果她遵循詔令＃12 ——**各個星球的統治**

者都必須打造一尊巨型的皇帝雕像——我就放她一條生路。如果她不照做，就必死無疑。你也是！」

第 15 章

　　艾爾巴中學新聞編採社在圖書館的角落會合，就在學校吉祥物，戰鬥書蟲的大海報正下方。除了我和我媽，整群人包括雪松和史提夫、蠍子和他爸、數學課的莎拉，還有名叫伊莫珍和艾拉的同卵雙胞胎。除了蠍子之外，大家似乎都很興奮能夠到場。

　　我想知道他爸花了多少錢才說服他出席。

　　在我們自我介紹後，我媽針對新聞自由的重要性發表演說，這番話我已經聽過至少十次，接著她聊到，我們身為記者有客觀報導事實的責任。她講完之後，蠍子的爸說我們需要替報紙想個名字。

　　「**書蟲號角**如何？」伊莫珍提議。

　　「艾拉認為我們應該取名為**蟲蟲**。因為報紙有不同**節段**，就像一條蟲子。」

　　其他人都覺得聽起來很噁心。

　　「那 Annelida **公報**呢？是蚯蚓的學名，」雪松說，「還是 Acta Diurna，『日常行為』的拉丁文。」

　　蠍子對著手心罵書呆子，用咳嗽聲掩飾。

　　史提夫興奮的揮著手。「我有個很讚的名字！」他說，「我們叫它……**紐約時報**吧。」

　　整個房間鴉雀無聲。

　　蠍子的爸爸清清喉嚨。「這點子不賴，小老弟，可是我相信那個名稱已經有人用了。」

「可惡。」史提夫說。

大家一起投票，最後想也知道由**書蟲號角**勝出。接著，挑選編輯的時候到了。**蠍子**的爸爸提名自家兒子接下這份職務，讓大家相當意外。

蠍子瞥他爸一眼，要是我敢用那種眼神看我爸媽，肯定會被禁足一輩子。

接著媽提名我。我試圖阻止她，可是她在我耳邊低語，「學生報的創刊編輯耶，我想我聽到耶魯大學在呼喚嘍……」

我說我認為應該由雪松來擔任。接著，伊莫珍和艾拉說她們想當編輯。不久，兩人就爭了起來，不過因為她們是雙胞胎，很難分辨誰占了上風。最後雪松想到一個點子，就是從帽子裡抽名字。

史提夫舉起手來。「可是我們沒人戴帽子，」他說，「學校不准學生戴帽子來，這個規定有點蠢。」

「用這個**籃子**如何？」我媽說，從圖書館員的桌上抓了一個過來。

雪松將記事簿的紙張撕成紙條，分給我們寫上各自的名字。然後把那些紙條放進籃子，搖了搖。史提夫伸手進去抽一張。

請不要抽到我，我暗想，**請不要抽到我**。

史提夫沒抽到我。這點原本讓我鬆一大口氣——但他抽中我更不希望的那個人。

第 16 章

　　我的心情壞透了。我沒有軍隊。宇宙中的每一隻黃鼠狼都在嘲笑我。我懷疑那隻三花貓並不會遵循我最新的諭令，**也**懷疑我的嘍囉沒有能耐推翻她。每次巴克斯來電，需要我簽署另一條愚蠢的法案，使其成為正式法律時，我就會在通訊器上按下**忽略**的那個按鍵，按到掌子都抽筋了。

　　不過，人類已經出門，我難得有機會在傍晚的時候獨處。何不把策劃陰謀放在一邊，稍微休息一下呢？

　　於是，我舔了一條奶油，在客廳的巨型螢幕上看了一些極度暴力的娛樂節目，然後登入哈姆史德，稍微羞辱一下我的敵人們。他們三個現在正在巨輪中旋轉，輪子與發電機相連，我可以時不時電擊他們的尾巴。說起酷刑，倉鼠們創意十足，真是值得稱許。

　　在當地食物採買機構的紙袋裡短暫小睡後，我拿吸塵器充當蛻變機，然後退到「主人臥室」（我真是喜歡這個名稱）上廁所與閱讀《經濟學人》。

突然間，空氣中充滿嗡嗡聲。片刻之後，一張極不受歡迎的臉出現了。

「嘿，好老弟！」

是巴克斯，透過他懸浮的投影無人機來訪。

「你沒聽過**隱私**嗎？」

「抱歉，」笨蛋狗說，「可是你都不接我電話。而且距離你上次貼出任何詔令以來，已經好一陣子了。我想確定你一切安好！」

「我在享受『獨處時間』。」我嗤之以鼻。

「太棒了，」蠢蛋搖尾巴，「那個大家都需要！不過，身為皇帝，你必須讓人永遠找得到。」

「為什麼？」我咆哮，「按照你的說法，我沒有軍隊。我沒軍隊，就沒有權力。如果無權無勢，我就沒什麼可以做的了。」

「但你有**很多**事情要做！」巴克斯說，「像是替你的臣民樹立榜樣。在宇宙中散播愛和同理心！噢，畢皮多星球的跳鼠要揭幕一座新的社區中心。他們肯定會很希望你能在開幕時來一場演說。」

「我可以吃掉多少隻跳鼠？」

笨蛋狗還來不及回答，投影無人機就輕輕打了一聲嗝，第二個影像傳送出來。是 GAG（善良動物

團隊）的其中一隻大貓熊。

「皇帝，」那頭黑白小丑喊道，「我是**竹子公報**的記者。您能不能針對剛剛簽署的**星際裁軍協議**，發表一下看法？」

「裁軍？」我轉向巴克斯，「你竟然要我簽定撤除武器的協議？你好大膽子！」

「這樣可以讓宇宙成為更安全的地方，」他說，「而且，你簽署東西以前，真的**應該**認真讀一下內容。」

「你竟敢這樣跟你的——」

我厲聲斥責未完，**另一個**立體投影從巴克斯的裝置投射出來。這一回是那個惹人厭的太空狗瑪菲，也就是犬星星群所謂的狗群領袖。

「艾西莫五號星球有危險了——萬古年來，它的六個太陽第一次要落下，」她說，「我們需要一萬艘運輸船——」

「你們的需要！有沒有人想過**我**的需求？」我大喊，「我需要獨處。」

大貓熊抽出筆記本和筆。他要把這個記下來嗎？這些動物有什麼毛病？

「皇帝，」大貓熊說，「您有什麼計畫，針對

這樁悲──」

　　「不予置評！」我喊道。我一有機會，就會宣布全宇宙的記者都違法。還有投影無人機。小狗也是！

　　「好了，大家，」巴克斯說，「先讓我們的領袖完成他的，呃，私事吧。等他結束後，我想他會很高興打點這些事務的。」他對著我喘氣。「在那之後，克勞德，我還有幾百萬份文件要你簽署。」

　　我吐了口水說。「你剛說**百萬**嗎？」

　　「最好伸展伸展掌子預備一下，好老弟。」他對我搖著他的蠢尾巴，「統治宇宙很好玩吧？」

第 17 章

新聞編採社的會議終於結束了，我和爸媽在鮑伯披薩宮殿的角落雅座裡。

「我認為你應該弄個專欄，專門報導工作很酷的家長，」爸說，「像是當牙醫的！」

我告訴他，我不可能寫那個，因為首先，沒人在乎家長的工作。再來，我要離開社團。

「你沒有要離開社團。」媽說。

「爸，」我邊說邊轉向他，「媽很不講理。編輯是**蠍子**耶！」

爸大口喝了麥根沙士。「他一定沒那麼糟啦。」他說。

「你在開玩笑嗎？那個傢伙連自己的名字都會拼錯！是要怎樣編報紙啦？」我說，「況且，他人超卑鄙的。」

「我想這個社團對那個年輕人來說，會是非常好的學習經驗，」媽說，「他會從你的幫助裡受惠良多。你的寫作一向很優秀，拉吉，我確定新聞編採社能讓你的技巧更上一層樓。」

我根本辯不過媽。

「也許你們可以請我當客座家長專欄作家，」爸提議，「關於《拉瑟福德》，我有不少事情想一吐為快。」

我只是嘆了口氣。

我們結帳以後，我把我的一半披薩裝進外帶盒。

「怎麼啦？兒子？」爸問，「你不餓嗎？」

「我想留點之後再吃。」我說。

當然了，真正的原因是，如果我不帶幾片回家，克勞德就會大鬧貓皇脾氣。

第 18 章

　　彷彿巴克斯無止盡的來電還不夠糟一樣，現在宇宙議會中的其他部長日日夜夜打電話給我，呈報一個又一個乏味的危機。《竹子公報》的記者緊迫盯人，要我針對災難和愚蠢的行善法律發表評論，但我根本不在乎。或者更糟的是，他問起我個人痛恨的法規，像是巴克斯的**太空行路安全運動**——限制外太空的飛行速度？再來巴克斯就會想讓暴力和破壞成爲非法！

　　接到我奴僕的電話，竟然讓我鬆一口氣，可眞難得。

　　「噢，首領，請打開貓族電訊，」澎澎毛喜孜孜的說，「我想您會喜歡自己所看到的東西！」

　　螢幕上是某種集會的實況轉播。成千上萬的貓咪聚集在磨爪柱宮殿的大廣場，一路蔓延到街頭巷尾。廣場中央，我可以看到一座巨大的雕像，就藏在布幔底下。百貓合唱的號叫竄升到最高點，小貓女王出現在宮殿陽台上。她對著群眾演說——沒人聽得懂她的喵喵叫——接著她的兩名兄弟走近那座

雕像。他們拉開布幔，露出了我所見過最雄偉的景象：我的巨型雕像！

我得意洋洋的發出呼嚕聲。三花不只一絲不苟的遵循詔令＃12，還把雕像擺在砂盆星最受尊崇的地點——2B年間，喵嗚米提茲將公義布特茲叉死的地點。

雖然我更希望這座雕塑由赫爾弗西的大理石刻成，而不是用區區的木頭，但這個舉動已經讓我心滿意足了。

「沒想到要說服她這麼做，超級簡單的，崇高的君王，」澎澎毛說，「看吧，我們都誤會她了。」

或許是如此沒錯。可是她兄弟們拿著噴火器要做什麼？

我驚恐的看著他們將武器轉向我的雕像，雕像旋即迸出高聳的火焰。這些總是暗箭傷人的可恨地球小貓！

此刻，暴民全都在歡呼。三花讓整個砂盆星的貓咪都起而反對我！

這種羞辱**不會持續太久**的！

「慈悲的時間已經**結束**！」我怒吼，「澎澎毛，推翻這個忘恩負義的小野獸——馬上！」

「**喀啾－喀啾！喀啾－喀啾！**您剛說什麼，老大？」我的奴才說，「我聽不到您的聲音！可惡的宇宙雜訊。」

「胡扯夠了！**我從沒**被你這招耍過，」我說，「況且，如果你連幾個野蠻的小貓都推翻不了，你要怎麼統治砂盆星？」

我奴才瞪大眼睛，一臉驚恐。「等等。你要我取代三花的位置？」

「不然還有誰？你該不會以為**我**會回來吧？」我說，「我可是宇宙的皇帝啊。」

「欸，尊貴的陛下，我還真是，呃，受寵若驚。但我之前算是統治過砂盆星，老實說，並不怎麼有趣。這裡有人低嘶，那裡有人哈氣，總是有人等著撲襲你，」他說，「況且，身為您的僕從，已經算是全職工作了。」

「那你就替自己找個僕從啊。」

那個蠢蛋的表情完全變了。

「**我自己**的僕從？真的嗎？」

他開始發出呼嚕聲，真令人厭惡。

「好了，如果您這麼信任我，那麼我恭敬不如從命！」他說，「噢謝謝您，卓越的您。我該如何

回報您呢？」

　　「讓那些可惡的小貓後悔自己出生！」

第 19 章

　　星期六，我一整天都要參加籃球聯賽。我出門前，先去跟克勞德說再見，他戴著 VQ 頭盔在地下室那裡。

　　「嘿，克勞德，我——」

　　「要應付流口水低等生物的閒聊，令人難以忍受，」克勞德說，「我現在有重要的皇家事務要處理，沒空理你。」

　　我很確定他並沒有。「少來了，你明明在玩《致命運動 3000》，對吧？」

　　「沒有，絕對沒有。」

　　「所以你現在一心忙著統管宇宙，對嗎？」

　　「當然了。你幹麼懷疑我？」他喝叱，「欸，今天稍早，我才推翻了一個殘酷無禮的星球領袖，扶植了個傀儡來頂替她。」

　　這聽起來不怎麼好。可是我很確定克勞德又在說謊了。我是說，**我知道**那種皇帝沒有實權。只有克勞德本人搞不清楚。

　　「好了，卑下的賤民，我命令你倒一品脫的奶

油到最精緻的餐具裡，留在我的掌邊，」克勞德說，「然後離開的時候，不要忘記彎著腰倒退走。」

這太過分了。他對巴克斯也這樣嗎？和克勞德一起爲了枝椏決鬥集訓時，巴克斯說過，克勞德擔任皇帝是更大計畫的一部分。但是那個更大計畫到底是**什麼**？

「所以，巴克斯一直在幫你嗎，像是讓宇宙成爲更好的地方？」我問。

克勞德摘下 VQ 頭盔。「不准在我面前提起那隻笨蛋狗的名字！」他喊道，「那條狗什麼忙也沒**幫上**，只會和善良動物團隊、宇宙議會那些蠢蛋一起扯我後腿！他們只想要皇帝簽署法條、剪綵帶、解決問題！我又不是來解決問題的，我是來製造問題的！」他勃然大怒，劃花了枕頭，一團蓬蓬的羽毛飄進空中。

我嘆了口氣，去拿掃帚。對於製造問題，他眞是說對了。

第 20 章

現在，連妖怪都嘲笑我身為皇帝卻沒有實權，真是令人難以忍受！我唯一的慰藉是，希望我那個蠢奴才已經想辦法除掉了小貓女王。可是動態消息遲遲沒有她倒台的新聞。只有更多群眾燒掉我的塑像、用爪子撕破我的肖像布條的影片而已。

「你為什麼還沒推翻那隻卑劣的三花貓？」我的奴才一接電話，我便逼問他。

「唔，我超級客氣的要求她放棄王位，但她炸蓬了尾巴，對我說了一些非常惡毒的話，」他說，「我是說，我覺得內容應該很惡毒，雖然聽起來都像**喵鳴**。」

「要剷除一隻白痴地球小貓，到底有多難？」

「唔，您也沒打敗過她啊，」澎澎毛嘀咕，接著他精神一振，「不過好消息是，我替自己雇了個嘍囉。他真的棒──」

我掛掉電話後，把可以找到的所有乳製品喝個精光，然後發布了一張特別尊貴的自拍照到皇家GlittR帳號上。不過，不管做什麼事情，都無法

減輕我的挫折感。

　　就連打電話給利牙跟其他軍閥，無情的嘲弄他們，也沒讓我的心情變好。

　　唔，也許**有一點**。

　　隔天，我試著將焦點放在正面的事情上。我依然是宇宙的皇帝，即使只是頭銜，也是**最好的**頭銜。然而，就在我開始感覺好些時，巴克斯惹人火大的臉龐，卻出現在我的通訊螢幕上。他正用笨拙的後掌搔著耳朵後面。

　　「臭野獸，防蚤項圈效用不夠好，對嗎？」我問。

　　「克勞德，我喜歡跟你抬槓，可是這個很重要，」狗說，「我們手上有個嚴重的動物危機。艾西莫五號的情勢惡化了。六顆太陽都下沉了，接下來二十萬個時間單位，都不會有任何光線或熱度。」

　　「你幹麼跟我說這件事？」我啃著一根爪子問。

　　「唔，一千四百萬隻刺蝟有凍死的危險。」

　　「還真糟糕，」我盯著自己的爪子說，「瞧瞧這些爪尖。我真的需要來個美掌保養。」

　　「克勞德！」巴克斯說，「嚴肅點。我已經準

備好要送出救援包裹和毯子，等到所有的皇家軍隊抵達，我就要開始把最脆弱的那些公民，遷往佛克里星群。」

我的耳朵豎了起來。「我還以為你說皇帝手下沒有任何軍隊。」

「噢，這些不是**士兵**，是維持和平的部隊，不會跟其他動物開戰——而是幫助他們！他們的職責是保護和運送救援物資。」巴克斯再次搔搔耳朵。「你不會相信，可是真的有歹徒要偷走救援物資，像是 AWESOME 的軍閥，還有，唔，貓。」

「**美好光陰**……」我說。

「你剛說什麼？」

「好時機！」我說，「我們一定要拯救這些可憐的刺蝟。」

「很高興聽到你這麼說，伙計！」巴克斯邊說邊搖尾巴。

「好了，這些皇家軍隊由我掌管嗎？」

「唔，當然了，」巴克斯說，「克勞德，很高興你對動物救援感興趣！看來，你會是個很優秀的皇帝。欸，你的掛念和禱告，意義非凡。」

「**喀咻－喀咻**！老朋友巴克斯，你說什麼？」

我說，「訊號快不見了——**喀啾－喀啾！**」

　　然後，我掛了他的電話。

　　原來我有軍隊！現在，我不必等我的奴才擊垮那個三花死敵，就能享受自己動手的樂趣了。

　　呼嚕嚕！

第 21 章

　　「這是什麼東西啊？」布洛迪盯著自己的午餐托盤問。

　　「我想他們說是燻牛肉乾。」莎拉說。

　　我們誰也看不出來。對我來說，看起來就像克勞德吐出來的東西。

往好的方面想，我現在知道自己想為小報寫什麼了：學校的糟糕餐點。往不大好的方面想，這也是我的午餐。如果我不希望在上科學課時，肚子餓得咕嚕作響，我就得吃掉托盤上唯一的蔬菜：一袋薯片。

　　要為這篇文章做調查，不會很難。我是說，餐廳裡的小孩想說的話可多了，而且我有一大堆疑問。像是對於不吃肉的學生來說，為什麼沒有更多選項？燻牛肉乾又是什麼？薯片真的可以算是蔬菜嗎？

　　這聽起來似乎很好玩——尤其是如果我可以出去，試吃所有我們應該吃的東西，像是泰式炒河粉，還有珍珠奶茶！

　　下一次的新聞編採社會議，蠍子遲到了，然後往角落用力一坐、拿出手機。

　　他爸清了清喉嚨。「嗯，兒子？」

　　「**怎樣？**」蠍子冷笑。

　　「會議要不要由你開場？」他說，「你**是**編輯。」

　　蠍子翻了個白眼，把手機收進口袋。「好吧，」他說，「再說一次，我們應該幹麼？」

他爸解釋說，我們都要提出撰文的構想。雪松立刻舉起手，告訴大家她多想記錄學校廁所的恐怖狀態。伊莫珍和艾拉說，她們想做個占星專欄，我提出以學校午餐爲主題的構想。

史提夫對自己的漫畫專欄相當興奮。「關於一隻貓的故事，他熱愛小睡和千層麵，而且痛恨星期一！」

蠍子坐起身並說：「哈！太棒了！」

「可是這點子有人用過了，」我說，「你知道吧——《加菲貓》？」

史提夫的臉一沉。「我就想說這點子聽起來有點熟悉……」

蠍子的爸爸輕拍史提夫的肩膀。「繼續想，」他說，「好了，至於作業呢——」

「由我來分配才對，我是老闆！」蠍子喊道。

我媽咬牙切齒。「正確的用詞是『編輯』。」

蠍子指著我。「喂，老鼠，你要不要潛進馬桶瞧瞧啊，因爲那就是派給你的主題。**廁所危機**。哇哈哈！」

這太不公平了。「我那個學校午餐的構想呢？」

「老兄，那個我要做，」蠍子說，「我等不及要嘗嘗肉醬起司玉米片跟辣雞翅了。」

「而且，學校廁所是我要寫的文章！」雪松說，「沒有冒犯的意思，拉吉，可是我想負責報導這個主題。」

「你們兩個書呆子都可以寫啊，」蠍子說，「我才不在乎呢。」

我們向蠍子的爸爸抱怨，可是他聳了聳肩，告訴我們編輯負責分配報導工作。所以，我接著轉向媽。

「唔，拉吉，」她說，「就大型報導來說，會用到不只一個記者的狀況還算尋常。對我來說，這聽起來還滿重要的，因為會凸顯出我們學校有限的保養經費。」

我真不敢相信媽跟蠍子站在同一邊。而且她以為小孩會在乎管線系統！

伊莫珍向我湊過來。「你生日什麼時候？」

「你是天秤座。」她聽完我的回答後說，接著輸入了點東西到手機裡。「它說你這星期會有些不愉快的工作，跟你很親近的人要求會特別多。」

我嘆了口氣。「還滿準的。」

第 22 章

我等不及要打電話給我的嘍囉了。

「我**確實**有一批皇家軍隊,我會用它來一舉擊潰那隻卑劣的小貓!」我說,「荒唐的是,他們竟然稱呼我的軍隊是『維持和平部隊』,真是令人匪夷所思。想也知道,我會改掉那個名稱。你覺得**皇家復仇動亂突擊部隊**如何?」

「確實很棒,萬惡之王,可是您還不需要用上軍隊。」澎澎毛臉上洋溢著我不曾見過的神情:得意。「因為我和我的嘍囉推翻了小貓女王!您現在正在跟**新上任**的至高領導說話呢!」

「真的嗎?**你**打敗了她?跟你的嘍囉一起?」這真是驚人。

「沒錯!」

我承認,沒用我自己的軍隊來征服三花,我有點失望——不能玩新玩具,總是悲傷。儘管如此,有能力委派任務,正是偉大領袖的標記。

「做得好,澎澎毛,」我說,「好了,可以進行所有砂盆星星民有志一同的程序了:用繩子將那

隻三花和她的兄弟們，從尾巴串起來，然後扯掉他們的鬍鬚！」

「唔，」澎澎毛抽動耳朵說，「有個小小問題我得先處理。」

我發出認可的呼嚕聲。「啊，所以你發現有多難找到令人滿意的嘍囉了吧。大多數都令人失望透頂。」

「噢不，那部分很棒！提提米最棒了！」他說，「嘿，提提米，過來這裡跟尊貴的帝王打聲招呼！」

一張長得甚至比澎澎毛更荒謬的貓臉，塞滿了我的螢幕。

「哈吼！」

「他的舌頭為什麼伸在嘴外？」

「噢，一直都這樣，」澎澎毛說，「不管我說什麼，提提米都會照做，而且做得心甘情願！對我做的決定，他也超級支持的。」

「所以問題在哪裡？」我說。

「我們**成功**把小貓跟她兄弟趕出了磨爪柱宮殿，但再來呢，唔……」

「你的意思是，你沒拘禁那隻三花？」

澎澎毛和他的嘍囉面面相覷。我覺得整個宇宙都變得更蠢了。

「我們，呃，好像搞丟她了。」澎澎毛說。

「弄丟了。」提提米附和。

這一時片刻，我不知道該覺得困惑，還是發火。我選擇了發火。「你怎麼會**弄丟**她？」

「唔，是，呃，提提米的錯。」

「是我的錯！」提提米說。

我咬牙切齒問。「你們兩個笨蛋知道她跑去哪裡了嗎？」

「唔，很多至高領袖在政變之後，都會逃到最外圍的月亮去，」澎澎毛說，「也許她和她兄弟們就在其中一個月亮上，像是七十三，森林月亮；噢，或是八十二，有沙堡的那個；要是我，我**就會**去那裡。」

「我也是！」

當然是外圍的月亮。一小群貓可以在那遙遠的

月亮荒野上藏身多年。這就表示，其實我可以派出我的軍隊：追捕前任小貓女王，一舉擊潰她！

第 23 章

「所以，呃，爸，今天有什麼計畫？」我邊問邊走進花園棚屋。

「我們要做克菲爾優格！」

我把袖子上的蜘蛛拍掉。「那不是在雜貨店就買得到了嗎？」

爸嗤之以鼻。「只有**自己**不會做才去店裡買。」

他量了一小匙像是花椰菜的小小碎片，然後倒進玻璃罐。他告訴我，它們是優格菌粒，由微生物組成，會消化牛奶，讓牛奶發酵。單是這些字眼，就讓我想吐。

「唔，小傢伙，」他往罐子裡頭瞧說，「準備施展你們的魔力吧！」然後轉向我。「所以，新聞編採社的狀況如何？」

我跟爸說，蠍子偷走我的文章構想，然後指派我跟雪松去做噁心的廁所報導。「而且媽竟然同意他的看法！」

「唔，她必須公正啊。」他說。

「公正？她又不是裁判——這是課後社團耶！蠍子的爸讓蠍子隨心所欲。媽為什麼不讓我隨心所欲？讓我退社。」

可是，爸已經沒在聽了。他正把牛奶倒進罐子，攪了攪，然後往後退開，欣賞自己的創作。

「等個二十四小時左右，就會有美味的益生菌可以喝了。很酷，對吧？這個，」他說著便拉下一瓶亮紅色液體，「現在已經可以享用了！」

「這是什麼？」我問，看起來像Kool-Aid（即溶粉末飲料）。

「是克瓦斯！來吧，灌一大口。」

我正準備要喝，但爸接著告訴我，是甜菜做的。「呃，你先喝好了，爸。」

「當然好！」他猛灌一大口，然後把容器遞給我，「很可口唷！」

我看不出他是真心喜歡，還是勉強擠出笑容。他的牙齒紅通通，看起來就像一個很友善的吸血鬼。

我聞了聞。「聞起來不大好。」

「可是味道很棒喔。」爸說。

我啜了一口。

「噢，嗯、嗯、嗯！」我說，把它吐在棚屋外頭的地面上，「你怎麼可以讓我喝那個？」

「好啦，好啦，我可以微調那個配方，」爸說，「反正還早。大家都說，克瓦斯要等到第五天才會進入最佳狀態。」

再過五天，克瓦斯變得更好的唯一方式，是倒進排水孔，然後改喝可樂。

第 24 章

我迫不及待傳訊給我的軍隊，指派新任務了：找到那隻三花並將之毀滅。我想軍隊會欣喜若狂，因為可以發動戰爭的話，誰想維持和平呢？

我戴上 VQ 頭盔，立刻看到那個大蠢蛋巴克斯。

「讓我看看我的軍隊，」我下令，「然後把那件醜背心脫掉。」

「嘿，小老弟！」巴克斯說，「你能夠透過虛擬到場，啟動這項緊急救援和表達手足之情的重要任務，實在很棒！」

「身為指揮官，親自向**皇家復仇動亂突擊部隊**致詞是我的職責！」我宣布，「呃，我是說，**皇家宇宙和平良善部隊**。」

巴克斯搖搖尾巴。「這就對了，小老弟克勞德。」

我等了又等。再等。可是軍隊遲遲未出現。

巴克斯對我眨眨眼。「你不是要說點話嗎？」

「對誰？」

「你的軍隊啊！」笨蛋狗說，「一萬名皇軍等

著聽你秉持耐心與關懷的話。」

「他們在哪裡？」我左顧右盼說。

「往下看。」巴克斯興奮的喘著氣說。

往下？我往下看了。就在那裡，一萬名大軍……

「**老鼠？**」我吼道，「我的皇家軍隊是老鼠？」

「是啊！」笨狗得意的說，「他們是整個宇宙裡，最優秀的急救物資搬運員。」

「他們的武器呢？」

「噢，沒有武器。」巴克斯說。

「那要是他們的運送艦隊遭到襲擊呢？」我說，「你知道的——被**大型**動物。」

「他們當然會揮舞代表和平的白旗。」

「要是**那**不管用呢？」

「就逃啊！東奔西逃，鳥獸散，那就是他們一貫的策略。他們躲避危險的技術很頂尖。你絕不敢相信他們能躲進多小的空間裡。」巴克斯狂搖尾巴。

「你預計，這些美味可口的——我是說，這些手無寸鐵的老鼠，要怎麼追捕在外圍月亮上的小貓女王和她可惡的兄弟？」

「你在說什麼？」巴克斯腦袋一偏，「這些傢伙要去拯救刺蝟！現在，他們正在等你發表激勵人心的演說。不過，想先警告你一下，他們的注意力不大持久。」

　　如果巴克斯以為，我會浪費我尊貴的呼吸，在這些眼珠小如豆、鼻子抽動不停的傢伙上，那麼他比我過去想像的還愚蠢。這不是軍隊——是吃到飽的自助餐！我嫌惡的扯掉頭盔，尋找東西來摧毀。

第 25 章

「好，我們接下來要去哪裡？」我問雪松。

今天是星期三，快到晚餐時間了，可是我們還在學校。

她低頭看了一眼自己的筆記本。「我們還剩一個——地下室的男生廁所。」

「最糟的留最後。」我嘀咕。

我們查訪學校的每間廁所，檢測所有的水龍頭、馬桶、男生小便斗，看看哪個運作正常、哪個故障。

雪松做了一張表格，列出缺乏的物資——擦手紙、洗手乳 廁所紙——加上所有不應該在場的東西。像是垃圾、書本、零星的襪子、從一樓女生廁所長出來的樹。

「我們一定要去**地下室**那間廁所嗎？」史提夫說，「下面很可怕耶！」

「史提夫，你不用留下來，」我提醒他，「這不是你負責的報導，你甚至不用進那些廁所。」

「唔，我可能還是必須進去。誰曉得。可是我

來這裡，是因為我想跟你們聊聊，我超讚的漫畫新點子！跟一個男孩和老虎有關，是一隻老虎絨毛玩具，可是從男孩的眼光看來，是真正的老虎。」

「你的意思是……」我說，「……像《凱文和跳跳虎》？」

「噢可惡！」史提夫說，我們走下階梯，「為什麼好點子總是被用掉了？」

雪松的手機發出叮的一聲。她低頭看了一眼，咧嘴笑了，「我剛確認明天要跟校長訪談，」她說，「手上掌握了事實以後，就可以提出銳利直接的問題了。」

我不想質問校長，就像我不想調查地下室的廁所一樣。不過，我可以看得出來，雪松不會接受我的拒絕。

我和史提夫慢慢走下樓。即使在走廊上，我也可以看到廁所的單盞頂燈在閃爍，就像走進恐怖電影的場景。

我要史提夫陪我走進去，可是其實……
「沒那麼糟嘛。」
「對啊，還滿乾淨的。」史提夫說。

不過，當我轉開水龍頭時，一隻跟我手掌一樣

大的蟲子從排水孔爬了出來。

「啊啊啊！」我們放聲尖叫，衝了出去。

雪松在走廊上等我們。「你們幹麼呼天喊地啦？」

「我們看到了超大隻的斑點蜘蛛！」我說。

「好恐怖，」史提夫摟住自己說，「就像盲蛛跟蚱蜢生出來的寶寶，而那個寶寶是個**巨型妖怪**！」

「哇，你們看到的是灶馬！」雪松說，「你們好幸運。」

我和雪松對**幸運**這個字的定義顯然完全不同。

第 26 章

　　皇家信箱裡塞滿了 131,763 則未讀訊息，全都無聊透頂。結果我的大軍竟然是一口大小的點心。最糟的是，三花女王在某個外圍月亮上招兵買馬，策劃下一場不利於我的行動。但會是什麼呢？

　　我現在才意識到，離開砂盆星一開始就在她的陰謀當中。肯定是這樣沒錯，因為我的愚蠢嘍囉，或他愚**蠢加三級**的嘍囉，絕不可能打敗得了她。而她的陰謀，我相信，肯定是要推翻我，讓自己登上宇宙女皇的寶座。那隻卑劣的地球貓咪真是膽大包天！從我手上偷走一個王位還不夠，現在竟然還想霸占另一個。

　　當我的信箱裡又收到一萬則訊息時，我考慮乾脆把這份可恨的工作讓給她算了。可是不行——一切的重點在於保住萬物之主的頭銜，不管這個職位讓我多麼悲慘。

　　我決定縱情於一件依然帶給我歡喜的事情。我撥進了哈姆史德攝影鏡頭。

　　「你們好啊，囚犯們，」我開口，「艾克隆，

你的球是不是變得更小啦——」

我的侮辱被嘲笑聲打斷。

「老鼠組成的軍隊！」艾克隆尖聲笑道，「威風八面的皇帝掌握的，竟然是一批**老鼠**組成的軍隊！」

佐歌滾向鏡頭，露出瘋狂的笑容。「小貓和老鼠，坐在樹上，親—親—吻—吻——」

「安靜！囚犯們！」我下令，「你們怎麼會聽到這個消息？在哈姆史德上禁止任何通訊。」

「守衛通知我們的，」利牙說，「他們說，利用老鼠替你打仗，比利用松鼠還可悲。」

「嘿，注意你講的話，你這細尾巴的呆子！」艾克隆警告，朝他滾去。

喵嘟！

利牙吐了一口口水。「你以為你的寶寶球傷得了我嗎？你這個可愛兮兮的——」

通訊轉眼被截斷。接著，VQ 裡出現了一張讓我滿心厭惡的臉。

不，不是巴克斯。

而是**三花女王**。

「喵嗚，喵嗚，**喵嗚！**」她說，那雙綠眼散

放惡意的光芒,「**喵嗚!**」

我只能推想她是在威脅我。

「你想對我喵嗚多久都隨你,地球貓,」我說,「只要知道,你休想逃過我的復仇行動!不管你逃到太空哪個陰暗的角落,我都會找到你,然後我用利爪對付你,你會希望自己從未離開過咪咪叫的母親!」

我預料三花那個惡毒的小野獸會哈氣,然後對我吐口水,可是她卻開始發出呼嚕聲。她的訊號閃了閃之後就消失不見了,哈姆史德的影像訊號隨之恢復。但是,有個相當關鍵也令人心慌的差別。

利牙的酷刑球,竟然是空的。

我的永恆敵手**不見了!**

第 27 章

「你知道你那份可悲的妖怪報紙應該報導什麼嗎？」克勞德邊甩動尾巴邊說，「倉鼠為什麼守不住他們的囚犯！」

我正準備出門訪談校長，所以沒有專心聽。「啊？」

「寫寫這些暴牙齙齒動物應該在自己的酷刑球體裡腐爛！還有為什麼**永遠不應該**讓地球小貓離開這該死的銀河！」他轉身大步走進洗衣間。

「呃，好，晚點見。」我對著他背影呼喚。

我走到屋外時，看到鄰居琳荻正在我家前面的人行道上，望向後院。瓦佛正在她腳邊喘氣。

「呃，嘿，拉吉，」我走近的時候，她說，「你們家棚屋怎麼了？我媽說她看到那裡一直都亮著燈。而且我剛才還聽到玻璃破掉的聲音。」

我嘆了口氣。「我爸在裡頭弄發酵食品，」我說，「他剛剛可能又摔破一罐酸菜了吧。」

「噢，我跟瓦佛還以為，那裡可能是祕密科學實驗室什麼的。」

「不是，只是一些腐爛的蔬菜，」我說，「一定要讓你媽知道喔。」

上次，琳荻的媽擔心我們家有可疑的活動，結果我們家被 FBI 突擊。

琳荻彎下身拍拍瓦佛。「看到了嗎，好小子？沒什麼好緊張的。」她再次站起身，扯了扯牽繩。「好了，星期天見！」

「等等，什麼星期天？」

「你阿媽過來的時候啊，傻瓜，」她說，「瓦佛等不及要見她了！」

阿己要過來？來拜訪？怎麼大家有事都不跟我說？

第 28 章

　　原來這是小貓的下一個行動：放利牙自由。當然了！那個哭哭啼啼的叛徒幫忙她占領過砂盆星。現在，為了霸占宇宙，她需要他的幫忙。

　　問題是，他們打算怎麼推翻我？他們會闖進銀河議會，要宇宙議會造反嗎？不，不，不，那些行善動物對利牙的痛恨程度，跟我痛恨**他們**一樣。

　　或許小貓女王有某種祕密武器？但那會是什麼呢？

　　我在思考這點的時候，巴克斯來電了。

　　「你怎麼可以讓這種事情發生？」我質問，「身為宇宙議會之首的笨蛋狗，哈姆史德由你掌控！地球小貓怎麼可能有辦法放走利牙？」

　　巴克斯只是坐在那裡，傻傻的流著口水。

　　「你有什麼毛病啊，你這愚昧無知的呆瓜。說話啊，你這流口水的金色傻蛋！」

　　「唔，我想你不是真的想問我怎麼想，而是想拿我當出氣筒，」巴克斯說，「要不要複習一下，**良善行為**通則針對職場體貼行為是怎麼說的？」

我的鬍鬚因暴怒而顫動。「你**再**跟我提一次善良規則手冊，我就把你的一根骨頭挖出來，拿來狂敲你的腦袋。」

　　「欸，克勞德，我想你應該好好深吸一口氣，然後——」

　　「她怎麼闖得進哈姆史德四周的鈦塑膠屏障？」我怒吼，「告訴我！」

　　巴克斯嘆口氣。「她拿頂級潔牙嚼嚼棒賄賂了其中一名警衛，」他說，「不過，別擔心——宇宙議會會追究這件事的！我們甚至可以要求他停職，反省一下自己的作爲。」

　　「是，你是**可以**這樣，」我說，「或者你也可以扯下他的兩根門牙！」

　　巴克斯正準備張開他的愚蠢大嘴，這時被叮叮聲打斷了。

　　「嘿，克勞德，我可以晚點再回你嗎？」他說，「門鈴剛響了，一定是我點的晚餐骨頭外賣送來了。我跟你說，銀河國會生活機能眞的很好。」他回頭呼喚。「馬上來！」他掛掉以前，我敢發誓我聽到了**喵嗚聲**。

　　眞奇怪。

第 29 章

「您知道艾爾巴中學有多少個馬桶運作正常嗎?」

雪松訪談棕點校長的時候,直直望進他的眼睛,彷彿一點都不緊張。不過,**我**自己是滿緊張的。我從沒進過校長辦公室,而且從來就沒想過要進去。

棕點校長聳聳肩。「我寧可將焦點放在我們學校**正常**運作的東西上,像是燈光,門把,還有樓梯!」

雪松跟校長說,校內有五百個孩子,卻只有六個馬桶正常運作。校長一時露出了詫異的表情。接著他開始端出藉口。廁所出問題跟運氣不佳、建築老舊、修繕預算低、加入工會的水電工等等,都脫不了干係。

「校方已經盡力了,你知道吧,」校長說,「如果你們小孩更小心使用學校財產,也許……」

這番回應顯然惹惱雪松了。她開始提出更犀利的問題,讓我坐立難安。我只想離開現場。

還有——諷刺的是——我真的必須上個廁所。

我站起來，暫時告退。「我得上洗手間。」

「唔，為了上個廁所，你必須穿過右側走廊，一路越過自助餐廳，」雪松說，「因為學校這一側的廁所全都**故障了**。」雪松冷冷的盯著棕點校長。

「嘿，你乾脆用我的廁所吧？」他說，將一把銅鑰匙遞給我，「就在影印機旁邊。」

我一到那裡，將門鎖打開，緊張的推開門——我已經習慣在廁所裡碰上可怕的驚奇。可是，這一間是完全不同的驚奇。

校長的廁所一塵不染。有個水龍頭閃閃發亮的大水槽，牆壁上貼滿華麗的磁磚。馬桶有加熱椅墊。浴室甚至聞起來很香，像是一片紫丁花田。角落裡那個是**花灑淋浴器**嗎？

我拿出手機開始拍照。我打開華麗的淋浴器，灑出來的水**真的**就像下雨。克勞德會很討厭，但我就是抗拒不了。我把頭伸到底下。

我走出來的時候，只剩雪松一人。

「棕點校長說他得走了。他根本沒把我們當一回事，」她說，「對了，你怎麼在裡頭待那麼久？你的頭髮為什麼都溼了？」

「雪松，」我說，「我想我們有東西可以報導了。」

第 30 章

　　我正在跟一隻特別凶惡的黃鼠狼在 GlitterR 上筆戰。就在這時，通訊器響起。是巴克斯。

　　「我想你打來是要告訴我，你已經逮到利牙，將他囚禁起來了。」我說。

　　「你會這麼說，真有意思……」巴克斯說。

　　笨蛋狗說話的時候，通訊器被一把搶走。我死敵的冷笑臉龐塞滿了螢幕。

　　「不是你的犬族朋友逮到**我**，」利牙說，「而是我跟小貓女王綁架了你的首相！」

　　我不得不承認，我很震驚。

　　「你為什麼想做**這種**事？」我問，「他相處起來這麼煩人。」

　　「我很抱歉自己上了當，」巴克斯的鼻子從利牙肩膀上方湊過來說，「我一打開門，就有兩隻凶猛小貓舉著電擊槍在外頭。他們竟然喬裝成外賣骨頭服務，你能相信嗎？」

　　利牙將巴克斯往後推開，我現在才看出來他們正在太空船裡。「我之所以綁架你的犬族朋友，

是因為這樣一來他就能背叛你——將他架設在銀河四周的力場關掉！此時此刻，我們就在你的銀河邊緣，準備發動攻擊。把握你活著的最後一刻吧，皇帝！」利牙樂不可支，呼嚕不停到渾身發抖的地步。「巴克斯首相，進行吧。」

「我，呃，沒辦法。」巴克斯說。

「可以，你可以！」利牙哈氣，「你只要關掉頸圈上的控制器就行了。」

「唔，通常我那裡會有個控制器沒錯，」那條狗說，「可是為了保護皇帝，目前只有**他**擁有開啟力場的密碼。」

利牙的臉上掠過一連串表情，先是困惑，然後暴怒，再來是無法置信和深受羞辱。這真是賞心悅目啊。

「那——那不可能是**真的**，」利牙轉向我，「犬族為了保護你而說謊！」

「噢，不，老朋友。犬族是沒辦法說謊的——這是他們物種的另一個缺陷，」我說，「我想，如果當初是你登上皇位，就會知道這種事情一般是怎麼運作的。」

我聽到螢幕外傳來憤怒的哈氣聲。

「喵嗚！**喵嗚、喵嗚、喵嗚。**」

是那隻三花！「我相信你的小貓主人正在呼喚你。」我呼嚕。

利牙怒瞪我一眼後，接著可憐兮兮的轉向小貓，而她繼續怒聲痛罵他。

「我的女王，這只能說明這計劃沒成功，但不代表構想不好，」他說，「這依然是個好想法！說到底——我們現在手上握有人質。」利牙再次面對我。「關掉力場，你就可以要回你的笨蛋狗。」

「可是，我並不想要回他。」我回答。

「那麼我會折磨他，直到你照我說的話做！」

「祝你玩得愉快，」我說，「如果你需要的話，我手上有一大串折磨手法可以提供你參考。」

「好好撐著，克勞德老弟！」巴克斯呼喚，「你一定要為全宇宙著想，別替我擔心。」

「我跟你保證，我不會替你擔心。」我說。

「喵嗚！喵嗚，**喵嗚！**」

我掛掉電話。我簡直不敢相信，我之前還為了利牙跟小貓在打什麼鬼主意而苦惱。綁架巴克斯真是一份大禮！

「克勞德，樓下都沒事吧？」男孩妖怪從樓梯

頂端呼喚，「你好像吼了什麼人，我有沒有聽錯？」

　　「沒有，不是我，是新的喜劇節目，滿好看的，」我說，「一切都棒極了，眞是棒透了。」

　　我已經厭倦了每天晚餐桌上都有一種酸菜，我是說，發酵的包心菜真的能搭義大利麵和蕃茄醬嗎？或是中國菜嗎？至少康普茶還不錯，有點像汽水。或者說，就我媽願意讓我在家裡喝的東西來說，這已經很接近汽水了。

　　「很高興你喜歡！」爸從冰箱拿出康普茶說，「我再倒些給你。」

　　就在這時，我注意到有一大片黏黏扁扁的東西，在罐子裡漂浮著。看起來像是痰做成的飛盤。

　　我將嘴裡那口康普茶吐回自己的杯子。「**那**是什麼啊？」

爸咧嘴一笑。「那種東西叫 scoby（共生菌），全名是 Symbiotic Culture of Bacteria and──」

我真的不想再聽下去了。「我得去寫稿了，」我邊說邊轉身要上樓，「明天又要去新聞編採社。」

克勞德躺在我的床上，肚子朝天。從昨天以來，他心情就不錯，當時他說「皇家工作量」有了改善。現在，他甚至主動問起我在寫的報導。

「我當然痛恨記者，所有卓越的領導人皆是如此，」克勞德說，「尤其是**大貓熊**那類的記者。以記者來說，我希望你比大貓熊好。」

「呃，我想是吧，」我說，「不過，雪松是真的滿厲害的。」

她寫了草稿，並將我拍的照片貼進文件裡，頂端就是兩個水槽並排對照的圖片：左邊是棕點校長閃閃發亮的白水槽；右邊是樓上男生廁所的水槽，沾滿了汙垢和鏽斑。雪松將這篇文章的標題寫為〈缺乏原則的廁所觀點〉。

「真是令人髮指。」我朗讀完之後，克勞德說。

「很高興你同意這有多不公平。」

他猛甩尾巴。「你這般低下賤民竟敢質疑上級

的設施！學校之主**當然**有資格擁有頂級的廁所啊。他是權勢最大的妖怪，所以配得上最優質的馬桶。」

我**翻翻**白眼。「克勞德，校長並不是學校之主。」

「你和這個叫雪松的，不是他的臣民嗎？」

「我們是學生，克勞德。不是臣民。」

「你不是告訴我，他是負責掌管學校的人嗎？眾人不是對他又懼又恨嗎？」

「唔，是啦。可是每個校長都這樣，」我說，「而且那也不代表他想幹麼就能幹麼。他也有規則要遵守的。」

「這套說法真令人厭煩，」克勞德說，「而且很耳熟。」

「校長應該要好好處理預算和委員會，確保學生和老師的需求得到滿足，讓他們有成功的表現。」

「他聽起來就是個皇帝沒錯，」克勞德說，「或者說，至少那條可惡的笨蛋狗認為，皇帝就該是這個樣子。不過，他也沒再來煩我就是了。」

「等等——為什麼沒有？」我問。

「噢，他……」克勞德頓住，「**度假去了**。沒錯，他去度假了。跟幾個很特別的朋友。」

克勞德看起來沾沾自喜的樣子，我早該知道事
有蹊蹺的。

第 32 章

當我正在享受又一天擺脫巴克斯的極樂日子時，卻被犬族投影通訊器粗魯的打斷。是瑪菲，全宇宙第二煩人的狗。

「我以為我告訴過你，不要打電話給我。」我說。

那隻垂耳獵犬置之不理，劈頭問我有沒有巴克斯的消息。

「沒有，沒接到，」我盡可能裝無辜的說，「欸，他把自己搞丟了嗎？」

「首相巴克斯有極佳的嗅覺，絕對不可能迷路，但他目前卻不知去向，」瑪菲回應，「他的太空巡警伙伴正在宇宙的塔斯德莫里象限尋覓，可是一直聞不到他的氣味。」

「這就奇怪了，」我說，「巴克斯明明臭氣燻天。」

「別擔心，皇帝，我們會找到他的。」她說。

我當然不擔心。利牙和小貓既然突破不了銀河四周的力場，可能會把巴克斯帶到砂盆星一個外圍

月亮的隱密堡壘那裡。不過，我是不會跟瑪菲說的。

「更好的消息是，我們的維和部隊成功解救了艾西莫五號上所有的刺蝟，」瑪菲說，「我們的老鼠部隊都是英雄！」

「噢，喔耶，萬歲。」我說。

我掛掉電話，立刻撥給澎澎毛。我需要他設定攔截軟體，阻止任何犬族再打電話給我。還有，從他給我砂盆星的現況匯報以來，已經過了兩個日昇，我準備痛罵他一頓。

「噢，**嘿咻咻咻**，至高無上的君主，」澎澎毛說，「好久沒通話了，對吧？」

我立刻注意到事有蹊蹺。首先，澎澎毛不願直視我的眼睛。再來，他不在磨爪柱宮殿。而是坐在一扇窗戶前方，窗戶俯瞰著林木蓊鬱的風景。

「怎麼回事，奴才？」我質問，「你在哪裡？」

「呃，蛻變沙龍？」

「整個貓族太陽系裡，就一個地方有那麼多樹葉，」我瞇眼看著螢幕，「你在第 87 個月亮上，是吧？」

「噢，不，這只是那些很酷的濾鏡背景，」他趕忙說，「**我絕對不在第 87 個月亮上三花女王**

的祕密巢穴裡。」

背景傳來響亮的哈氣聲。

「就叫你不要向他透露我們的下落，你這個笨蛋，」利牙說，「這裡叫『祕密巢穴』是有理由的！」

「利牙！」我吼道，「除了那條狗，你也綁架了我的奴才嗎？」

「沒錯！」澎澎毛說，「他們綁架了我。我勇敢應戰，爪子現在**好痛**。」

「安靜，你這個毛茸茸的笨蛋，」利牙硬是擠進螢幕的範圍裡對澎澎毛說，「我們沒綁架你的僕從。澎澎毛是自願背叛你的，而且還是用最微不足道的賄賂就成事了。點心！」

「噢，那可不只是點心，噢前任老闆，」澎澎毛說，「鈦碉堡這裡的軍營雜貨店是宇宙中最頂級的，他們給了我一份完整的膳食表，**天天**都供應史畢克布雷肉串呢。」

我在盛怒中來回伸縮爪子。第 87 個月亮是我的祕密巢穴。我還是至高領導時，打造了那座鈦碉堡。而那原本是我**專屬的**膳食表！

「欸，」澎澎毛說了下去，「我知道這種情況對您來說很不愉快，可是我不得不說，三花女王叫

你做什麼的時候，實在很難拒絕。」他湊近鏡頭低聲說：「**她真的好可怕。**」

得意的喵叫聲從螢幕外的某處傳來。

「你這個變節的叛徒蠢蛋！」我怒吼，「等我逮到你，我絕對會做出邪惡到連我現在都**還沒想到**的事！」

澎澎毛一臉驚愕。「可是，我以為您會以我為榮呢，至高的王。您也知道古貓怎麼說：**不曾造反主人的貓，根本稱不上是貓！**」

確實如此，於是我不予追究。「他們要你做什麼？」

「噢，那是最棒的部分！我正在進行一項超級出色的機密計畫，就是要怎麼突破力場，然後綁架您，」他說，「我有個很棒的點子——」

澎澎毛被一陣喵嗚、哈氣打斷。利牙朝他的後腦勺賞了一掌，然後訊號就斷了。

第 33 章

　　蠍子的爸要我們把自己作品印成好幾份，好跟新聞編探社的其他成員分享。我想讀伊莫珍和艾拉的星座專欄，可是史提夫一直在我臉前揮舞他的新漫畫。

　　「快看，拉吉！你覺得怎樣？」他興奮的問。

　　我看了，真的很不錯，可是也很眼熟。

　　「看這個警察，」史提夫邊指邊說，「他有條狗，有天碰上可怕的意外——」

　　「呃，史提夫？」

　　「等等，你一定會很愛這個。醫生們發現，只有一個方法能夠同時救活人跟狗，就是把狗的腦袋縫在那個警察的身上。」

　　「嗯，我的確很愛，」我說，「還有兩億個小孩也都喜歡。那是《犬人》的故事。」

　　「噢，對喔。」史提夫推了自己的額頭說。

　　雖說史提夫的漫畫由圖片組成而且是抄襲的，但是作為小報的內容，卻比蠍子的自助餐廳報導好多了。

我很失望，因為那原本是**我的**構想，而雪松非常不喜歡。

「這篇所謂的文章甚至沒有完整的**句子**！」她心煩的拍了拍那張紙說，「他只是列出前十名最噁心的午餐，卻有**十一**種。除了別的問題，這個小鬼還需要數學輔導。」

「或許是他很努力當我們的編輯，弄到自己沒時間好好寫。」史提夫說。

「說的跟真的一樣，」雪松說，「蠍子唯一努力做的事，就是當個混蛋。」

媽拍拍雙手，表示會議開始。她告訴我們，再一個星期小報就要送印了，所以我們必須開始完成我們的作品。

史提夫發出呻吟。

接著，媽開始審閱這些文章，我們都有機會說明自己的想法。大家都喜歡莎拉對田徑教練的報導，但媽針對占星報導有些疑問。

「木星即將來到天秤座的溝通角落，是什麼意思？」她問，「可以先做事實查核嗎？」

媽真的很會潑冷水。不過，她讀到我們的文章時，我相當興奮，因為對於我和雪松寫的內容，

我很確定整個社團的人都會有共鳴才對，可是我錯了。

「呃，這我就不確定了，」蠍子的爸讀完時說，「我們不想讓任何人下不了臺。或許棕點校長當初是自掏腰包，整修了自己的廁所。」

「才沒有！」雪松說，「我問過了啊，校長跟我說，他花的是學校的預算。」

不管我們怎麼說，蠍子的爸都一直搖頭。所以，我轉向其他家長協調人。

「媽，」我說，「**你**覺得這篇文章怎樣？」

她伸出一隻手搭住我的肩，久久看了我和雪松一眼。

「我想這篇報導確實很好，」她說，「灶馬都住進學生廁所了，校長的辦公室為什麼能有豪華浴室呢？你們兩個做的，正是記者該有的表現。」

「對啊！」蠍子說，「忘了那個傢伙吧！他老是罰我留校察看。」接著他轉向我和雪松，舉起手——要跟**我們**擊掌。

超級詭異又尷尬，但我還是拍了他的手，雪松也是。

「我是編輯，」蠍子說，「我主張那篇文章放頭版！」

第 34 章

　　我那個不忠的嘍囉眞的想出了綁架我的計畫嗎？巴克斯明明保證過，犬族力場牢不可破！當然了，他也被兩個假裝送外賣的小貓綁架了。

　　彷彿嫌我煩心的事情還不夠多一樣，沒有澎澎毛編寫程式的技術，我根本躲不掉狗群首領的來電。

　　「我們還沒找到首相的下落，但我們已經增加老鼠部隊，一起加入搜索，」瑪菲說，「對於巴克斯可能的所在地，你確定**一無所知**嗎？」

　　「確定，」我說謊，「現在別再吵我了。」我掛掉通訊器。

　　我當然知道巴克斯的下落，可是告訴瑪菲和令人垂涎的小小軍隊，對我來說根本沒有用處。現在對我來說**有用處**的是食物，所以我上樓到廚房去。

　　父親妖怪在家，將音量轉到了最大，全神貫注的看著賽球娛樂節目。我不在意他會不會注意到，就自己打開了冷卻食物的裝置，往裡面看一看。裡頭的瓶瓶罐罐比平日都多，也有個奇怪的氣味——

一種似曾相識的味道。

我在哪裡聞過那種臭味？

是妖怪襪子的味道嗎？還是佐歌呼吸的臭氣？

不！

我的毛髮豎了起來，聞起來就像維蘭朋黏液殺手的味道！**那邊就有一個**，在罐子裡！

所以，這就是澎澎毛的計畫！我之前怎麼都沒想到？維蘭朋來自翻轉次元，能夠從時空中的任何一點闖入我們的現實。我在凱丕巴拉 –12 之戰間曾經透過澎澎毛進行祕密交易雇用了一名。他當然會再去找他們了，不然還有什麼生物可以穿過力場？

維蘭朋似乎在休息，我慢慢往後退開。我的目光一直沒離開它，所以才會狠狠撞上父親妖怪醜惡的腿。

「嘿，小老弟，」他說，「什麼東西嚇到你了嗎？」妖怪皺起眉頭。「為什麼冰箱開著？不是你弄的吧？」

我蹲伏在角落裡，發出嘶聲，但冰箱裡的黏液殺手依然動也不動。

父親妖怪若無其事的走到冷卻裝置那裡，取出裝有殺手的罐子，接著開始旋開蓋子。

「別開！」我喊道。

父親妖怪轉向我。「克勞德，你剛剛是不是
——」接著他搖搖頭笑了。「噢，肯定是電視，」
他說，「我剛還以為你說話了。」

接著，他──旋開罐子的蓋子。我逃到垃圾儲放器後面，預防殺手隨時就要彈出來。

「哇，老弟，我沒看過你眼睛瞪這麼大過，」禿頭的像伙說，「我可以看出，你對我的冷共生菌旅館**非常**好奇。」

他的**什麼**？

「**共生菌**的全名 Symbiotic Culture of Bacteria and Yeast，」他說，「這些小小朋友通力合作，把普通的老茶，變成可口的康普茶。共生菌可能看起來很噁心，但其實是個美妙東西。」他咧嘴笑。「你沒用來泡茶的時候，就可以放在罐子裡，收進冰箱。」

是嗎？難道這個東西並不是殺手，而是一大堆單細胞有機體，用來泡討厭的妖怪飲料？

不過，冒險是不明智的。從現在起，我不會再打開妖怪貯存食物的任何裝置了。

第 35 章

「你確定這麼晚了，你可以自己單獨在家嗎？」媽問。

我爸媽要到機場去接阿己，但媽表現得好像要穿越宇宙一樣。

「我都十二歲了，」我說，「可以照顧自己。」

「記得門窗都要鎖好。這裡有琳荻媽的電話，免得有緊急事件。然後毒物控制單位的電話是——」

「媽！」我說。

「我真不懂她幹麼搭這麼晚的班機，」爸說，「還有，她為什麼要飛到塔科馬？距離這裡好幾個鐘頭耶。」

「三個小時又二十三分鐘，」媽查看手機說，「她原本要搭的那班飛機取消了，她只能搭這班，才趕得上明天在會議上演講。」

爸媽終於出門了，我到地下室去，發現克勞德正在宇宙指揮中心砂盆裡。我很興奮。今天是週末，爸媽又不在，我們可以隨心所欲。

遺憾的是，克勞德的好心情也煙消雲散了，連阿己要來的消息都無法逗他開心。他就是把我當空氣。最後我用激將法，要他跟我一起玩。

「嘿，克勞德，」我舉起 VQ 頭罩，「要不要來玩個《終極殭屍大亂鬥》，嘗嘗敗仗的滋味？」

克勞德鬍鬚抽動，跳出貓砂盆，從我手中一把掃走頭罩。「你永遠無法打敗我。」

「我跟你賭十塊 。」

「蠢蛋。」他說。

一個小時後，我的貓已經衝到了 91 級，我急著想輪到自己。「好啦，你贏，現在可以該我玩了嗎？況且，你不是有統治宇宙的事情要忙嗎？我以為巴克斯一直讓你忙個不停。他總不會還在度假吧？」

「哈，」克勞德說，將武器對準亡靈軍團，「**監獄**假期，由利牙將軍善意提供。」

「等等——什麼？」我伸過手，將頭罩從克勞德的腦袋拔起一半，「巴克斯在利牙那邊？你說『監獄假期』是什麼意思？利牙不是囚犯嗎？」

克勞德對我瞇細眼睛。「首先，我剛正準備用砲彈一舉轟掉一家子的妖怪殭屍。再來，那不干你

的事。」

「當然干我的事了，克勞德，」我說，「巴克斯是我朋友！」

「正如地球諺語所說的，你『最好的朋友』。」克勞德邊說邊將頭盔再往下拉。

「這個很嚴重，克勞德！」我說，「巴克斯到底怎麼了？」

「唔，如果你非知道不可的話，三花和她兄弟救走了利牙，然後綁架了巴克斯，」克勞德說，尾巴炸蓬，全身往左猛甩。「**砰轟**！接招，殭屍笨蛋！」

「你**還有**什麼沒跟我說的嗎？」

「唔，澎澎毛也在他們手上，」克勞德補充，削下殭屍的腦袋，「洗衣籃空了，我需要有衣物才能在裡面小睡。」

我真不敢相信我聽到了什麼！「為什麼你之前都沒跟我說？」

「因為籃子裡之前都有東西啊。」

真是夠了。我將 VQ 一把關掉。克勞德哈氣。

「我剛說，這些事情你為什麼之前都沒跟我說？」

「唔，你老拿你無聊的生活瑣事來煩我，」克勞德說，「我想盡量避免對你做同樣的事。」

「這才不無聊，這是緊急事件！」我說，「你不願意幫忙巴克斯，我還能相信，可是澎澎毛呢？他是你忠心耿耿的朋友耶。」

「你的意思是，我**不忠**的奴僕，」克勞德吐了口水說，「那個毛茸茸的笨蛋背叛了我！他現在替我的敵人們工作。」

「我不相信。」我說。

「有什麼好不相信的？他之前就做過這種事，」克勞德說，「況且，他是一隻貓。**所有的貓隨時**都能背叛任何人。難道你對貓族一點認識都沒有嗎？」

「好吧，可是狗很忠誠，而且沒人比巴克斯更忠心了。你一定要想想辦法！」

「噢，要是我知道利牙跟三花貓把他帶到哪裡去了，我是**願意**做點什麼啦，可是我真的沒概念。」

「他在哪裡，你完全沒概念？」我問。

「別擔心那條笨蛋狗，」克勞德說，「為了找他，他的太空巡警狗伙伴已經在銀河四處搜索了，足以餵飽整個砂盆星八個日昇的小老鼠們也一起出

動了。」他又把 VQ 頭罩戴回去。

「欸，我們——」

「安靜！我正準備晉級。」

都這種時候了，他怎麼還能回頭打電玩啊？噢
對了——因為他是克勞德。

第 36 章

關於犬族朋友的事，我沒對男孩人類說實話，讓我覺得有點過意不去。就像我幾乎對我準備摧毀的殭屍軍團覺得過意不去那樣。**砰轟！砰轟！接招，殭屍妖怪渣滓！**

男孩妖怪說他要去找東西吃，然後開始爬上樓梯。

「帶一品脫的冰淇淋來給你的皇帝——一湯匙也不准你吃！」我下令，因為有人去開食物箱而心生感激，「還有，先用微波爐的輻射轟炸器軟化一下。」

我繼續殲滅殭屍，又晉升三級之後，男孩妖怪卻還沒回來。

「賤民，把冰凍的乳製品帶來給我，馬上！」我朝樓上對他大喊，毫無回應，「皇帝剛剛對你下達命令，快點接旨！」

這番話之後依舊悄無聲息，我開始擔心了。要是他在吃冰淇淋怎麼辦？要是他**現在**正在大啖冰淇淋怎麼辦？

可惡！

我衝上樓卻發現廚房空盪盪。冷卻裝置的門開著沒關，地面有一大灘黏液，中間躺著一個空的冰淇淋盒，還有男孩妖怪的一隻鞋子。

詛咒他！他把冰淇淋**都**吃掉了！

第 37 章

　　我躡著腳上樓，超生我家貓的氣。他為什麼不想辦法拯救巴克斯？不管克勞德怎麼說，巴克斯**都是**他朋友。這讓我很想知道：要是我被抓走了，克勞德會來救我嗎？也不是說會發生這種事啦，因為我又沒什麼敵人。唔，也許蠍子和蠑螈算吧，可是他們只是偶爾羞辱我一下——這樣說來，他們還好過我的貓。我的貓無時無刻都在羞辱我。即使是現在，他也在對我哈氣，連他叫我端過去的冰淇淋，都不准我先嘗一口。

　　為了給他一個教訓，我決定獨享冰淇淋。我動作輕柔的打開冷凍庫的門——說到這種事，克勞德的聽力敏銳到誇張——我拉出餐具抽屜時，更小心不要發出聲音。

　　好吃，這個冰淇淋真不錯。

　　我吃完以後，打開冰箱想拿點冰水，發現有事情怪怪的。爸的共生菌就在置物架上，共生菌不是離開罐子就會死掉嗎？

　　可是等等——罐子裡明明有共生菌。爸說共生

菌母會生共生菌寶寶，可是，不是要靠人類才能分得開嗎？為什麼新的這個這麼大？而且，變得越來越大？而且還會動？

對，它**正在**動！它往上升，就像一波噁心的——

啊啊啊啊啊啊啊！！！！！！！

第 38 章

　　從失去冰淇淋的震撼恢復之後，我調查伏襲事件的現場，這顯然是維蘭朋黏液殺手的作為。

　　父親妖怪的「共生菌」還在罐子裡，這就表示維蘭朋已經抵達，而且好巧不巧——決定躲在冷卻食物的裝置裡。

　　顯然，維蘭朋被派來綁架我，卻誤抓了可憐的拉吉。真糟糕。我是說，對那個妖怪來說。

　　那個黏液生物誤以為拉吉是我，這實在有點侮辱人，但也不意外就是了。維蘭朋在次元之間自由穿梭的技術嫻熟，這點毫無疑問，但是他們的視力糟糕透頂，無法分辨其他物種。澎澎毛忘了這個問題。他跟我其他敵人發現他們的失誤了嗎？還是我能享受告知他們的樂趣呢？

　　我立刻撥了電話給背叛我兩次的奴僕。

　　「噢，嘿，威力無窮的大王，」澎澎毛有點畏縮說，「抱歉，您被我派去追捕您的維蘭朋黏液吃了。是不是超級噁心？」

　　奴才的腦袋側面吃了一記爪子，短促的叫了一聲。

「你這白痴，」利牙從螢幕外的某處說，「如果打電話給我們的是威斯苛，他就不會在維蘭朋的**肚子裡**，對吧？」

澎澎毛的臉上閃過一抹錯愕的神情。「那在這個東西裡面的是誰？」他說著便往下指著地板。

「是男孩妖怪，你們這些蠢蛋！」我嚷嚷。

「是拉吉？」澎澎毛說，臉龐一亮。「噢，好耶，我很愛那個妖怪！」

澎澎毛的腦袋側面又吃了一記爪子。這一次來自小貓，她正惡狠狠的喵嗚喵嗚叫。

「她說你真的很蠢，」利牙對澎澎毛低嘶，「甚至比**那些維蘭朋**還蠢，他們連正確的目標都沒辦法帶來給我們！」

「你以為我想吞這個東西嗎？」那個維蘭朋說，然後從拉吉周圍解開自己，「看看它有多噁心！你們要我怎麼分辨貓跟人類？你們這些長了臉跟腳的怪物，就我看來都一樣。」

「看你們搞砸了一個又一個設計拙劣的陰謀，」我說，「我以皇帝的身分命令你們，立刻將我的人類歸還給我，不然你們等著承擔後果！」

「喵嗚，**喵嗚，喵嗚**！」

三花貓將其他人從螢幕前推開，氣得咆哮不停。

「這個可惡的野蠻小傢伙現在又想說什麼了？」我問利牙。

「她要我把妖怪和你的白痴嘍囉丟進地牢，跟巴克斯在一起，」利牙說，「如果你還想再見到他們，得要自己上門來討。」

現在輪我高聲咆哮。

「無禮的地球貓，」我怒吼，「綁架貓族或收買嘍囉是一回事，偷走皇帝的寵物人類妖怪又是另一回事！」

「喵嗚！喵嗚！」

「威斯苛，你打算怎麼辦啊？」利牙說，「你，躲在犬族力場後頭的儒夫？」

我瞇細眼睛，往前湊向通訊器，按下宇宙指揮中心那顆發光的紅色按鈕。它發出了令人滿意的叮叮聲。

「我的死敵，剛剛那個，就是撤除犬族力場的聲音。而這個呢，」我說，按下綠色按鈕，發出另一聲叮，「是我啟動瞬間移動機的聲音。準備面對**宇宙皇帝**的……沖天怒火吧！」

第 39 章

我睜開雙眼，但四周暗到我看不出自己身在何處。身上似乎蓋滿了黏乎乎的噁心東西。還有，那是什麼味道？

「拉吉！你醒啦！」傳來一個熟悉的聲音。

「**巴克斯**？是你嗎？」他走過來舔我一口，我勉強辨識出他的身影，「你在這——」

「拉吉！」另一個聲音說，「嘿，拉吉，在這邊。是我啊，澎澎毛！」

「澎澎毛？」我說，「你也在？我真的**什麼**都看不到。」

「噢，你的眼睛在黑暗裡沒作用嗎？」澎澎毛說，「萬能的大王說你們妖怪的身體設計不良，原來不是在開玩笑。」

「燈為什麼關了？」我問，「你們來地球幹麼？誰可以拿條毛巾給我嗎？」

「這裡沒毛巾耶，老弟，」巴克斯說，「而且，呃，我們不在地球上。」

我花了好久時間，才消化他們兩個接下來告訴

我的事。顯然，來自另一次元的賞金獵人黏液生物被派來綁架克勞德，卻誤抓了我。為了將我送進三花女王祕密巢穴下方的牢房，這個東西橫越了空間與時間，來到砂盆星的第 87 個月亮上。

我一直想上外太空，可是不是像這樣。這也太恐怖了！「大家，」我說，「我們必須離開這裡！」

「先好好坐著一下，」巴克斯說，「我喜歡坐著。雖然沒有你丟我撿好玩，可是——」

「我想**回家**！」我開始慌了。

「別擔心，你會的，」巴克斯說，「我們在說話的同時，克勞德已經要來救援了！」

「沒有，才沒有，」我說，「我要他來救你們兩個的時候，他說他才不要。」

「唔，也不能怪高貴的大王啦，」澎澎毛說，「我是說，我背叛了他，而巴克斯只是條狗。請別介意。」

「沒事。」巴克斯說。

「可是，所向披靡的全能大王一聽到你被逮捕，」澎澎毛說，「就立刻上路了。」

所以，克勞德**願意**來救我！這點讓我開心——也讓我憂慮。

「如果三花和利牙都希望克勞德過來，他們可能會設下某種陷阱，對吧？」我說，「要是他們打算殺了他呢？我可不希望克勞德因為想救我而死掉！」

「噢，別擔心，小妖怪，」澎澎毛說，「我們可能都會死在這裡，可是至少我們死在一起！」

「以好朋友的身分！」巴克斯搖著尾巴說。

我知道他們這樣說是想讓我好過一點，不過其實沒有效果。

第 40 章

　　我在眨眼間穿越宇宙，抵達一個未知的矮行星，位於砂盆星和犬星星群之間的中立區域深處。沒有生物膽敢擅闖此地，除了勇敢無畏的靈魂：就是我。儘管此地放眼望去一片荒蕪，這個連貓都摒棄的地方，卻握有我最珍貴的資產：

星獅！

　　星獅是我的第一架，也是速度最快的戰鬥飛行器，是我當初就讀軍校時使用的。我們曾經聯手在競速贏過了利牙，成功發動了幾場政變，還有，當然了，炸掉了那顆愚蠢的狗行星。

　　我坐進老駕駛座，扣上安全帶時，喉間響起呼嚕聲。這艘太空船由我腦袋強大的虧機電波所控制，閃了閃之後活了過來。轉眼我們就起飛了。雖說我們的終極目的地是第 87 個月亮，但我們要在一站稍停：哈姆史德的監獄星球。

　　我必將復仇這句話還沒講完，星獅已經咻呼穿過了哈姆史德的外圍行星環，宇宙間最惡劣的罪犯正在那裡無止盡的繞著圈圈奔跑，讓這個人工星

球得以順著軸心持續轉動。我降到了哈姆史德的塑膠球殼上，懸浮在行星入口那裡。星獅的機器掌往下伸去，按響了門鈴。

艙口啵的打開，兩位倉鼠守衛走了出來。

「有何貴幹，貓族？」較大的那隻仰頭對著我說話，「你們族類最近帶給我們的麻煩還嫌不夠多嗎？」

「對啊！」細瘦的那個低嘶，「新皇帝很生我們的氣，卡爾甚至被暫時停職了。」

「我原本很氣你們沒錯，」我宣布，「不過，我現在要求你們讓我通過。」

他們瞪大了如豆小眼。

「等等，你是──」

「宇宙的皇帝，」我說，「沒錯。你們現在可以向尊貴的君主一鞠躬。」

他們旋即仆倒在地。他們的順服──以及恐懼──令我龍心大悅。

「不要緊，鼠輩，」我說，「我來不是要進一步懲罰你們的。我是來帶一名囚犯。」

星獅進入哈姆史德的內部氣層。抵達酷刑球六號競技場時，我在那個可惡松鼠和邪惡真鯊上方飄

浮。

「**你**來這裡幹麼？」艾克隆啾啾。

「我來向邪惡軍閥伙伴提合作案，」我說，「不過，不是你，是鯊魚。」

佐歌在巨球裡滾了過來，「小貓貓想跟佐歌談些什麼？」這個生物先是一臉懷疑，接著充滿希望。「小貓貓想要放佐歌自由嗎？」

「其實呢，沒錯，」我說，「但有個先決條件：跟我合力摧毀三花貓，還有利牙！」

她浮現一抹邪惡的笑容，露出了 794 顆牙。

「佐歌喜歡。」

「那**我**呢？」艾克隆說。

「你**怎麼**樣？」

「你不放我自由嗎？」他說，「我也想向利牙復仇啊！他應該把我們一起帶走的，卻把我們丟在這裡，永遠滾來滾去。」

「要是我，也會做同樣的事。所以佐歌滿幸運的，她是宇宙裡唯一可以闖進鈦碉堡的生物。」我跳回星獅上，往下呼喚。「動物已知的最硬物質，即使厚達二十公尺，她的牙齒也能咬穿。**你**又能啃穿什麼？一枚榛果？」

松鼠上校氣憤的啾啾叫，被長長的機器吸管發出的聲音蓋了過去，這道管子從星獅下方起落架伸出，連上了佐歌的倉鼠球。「再見嘍，毛絨尾巴小

生物！」佐歌呼喚。

　　這條眞鯊如此巨大，星獅要將她抬離地面相當吃力，但不久我們就開始上升。

我可以看到在遠處的艾克隆，困在他小小的球體裡，對我們搖著小小的拳頭，尖聲咒罵不停。我從沒見過這麼可愛的景象。

第 41 章

「……**然後**，提米米跟我說，『澎澎毛，你是最聰明也最友善的貓』，只是他講起來更像是，『噴噴毛，你是最宗明也是最攸散的……』」

克勞德的嘍囉跟我們說，他自己的嘍囉有多棒，沒完沒了，感覺講了好久。我很喜歡澎澎毛，可是克勞德說得沒錯——他話真的很多。

澎澎毛繼續聒噪個不停，這時我感覺到震動，我們的牢房開始上升。我緊緊攀住牆壁，穩住自己。「怎麼回事？」

「我想我們正要往樓上去，」巴克斯說，「往主巢穴去。」

「上頭好多了，」澎澎毛說，「雖然他們可能會在那裡處死我們。」

就像電梯，我們的牢房越升越高，最後突然停住，門猛的打開。

我們跟蹌往外走到一個大房間，那裡有圓弧形金屬牆壁，天花板非常高聳。

「你們好啊，卑劣的囚犯。」

是利牙將軍，身旁伴著三隻貓咪。從我上次看到他們以來，他們長大了**不少**。

　　巴克斯咆哮，我退後一步。可是澎澎毛說：「噢，嘿，將軍！嗨，三花女王！還有你們好啊，呣，兄弟一號和兄弟二號。你們都好嗎？」

　　他**真的是**最友善的貓了。不過，「最聰明」這部分，我就不確定了。

　　三花貓開始對我們喵喵叫。

　　「如果我能翻譯的話，」利牙冷冰冰的說，「即將登基的小貓**女皇**交代我，殺了你們三個。」

　　我嚥嚥口水。

　　「你們的朋友克勞德就要過來了，」利牙繼續說，「那就表示你們三位已經失去了用處。如果你們有什麼遺言要說，留在自己心裡就好。」

　　「不過，我可能超級有用，」澎澎毛爽朗的說，「我非常擅長編寫程式、背叛和陪伴！你們需要我替你們的裝置擴增記憶體嗎？我可以替你們駭進武器系統喔。也許你們對我訓練嘍囉的祕訣有興趣！」

　　「你的卑躬屈膝實在很丟貓族的臉，」利牙說，「欸，連這個人類都沒為了保住小命而哀求。」

確實，可是那只是因為我嚇到動彈不得。接著我突然想到——我這麼害怕，到底在怕什麼？眼前只不過是一群**貓**。我難道沒辦法制服他們嗎？

虐待動物是世上錯得最離譜的事。我阿己會對我很失望。可是如果動物打算殺了你，你總可以反擊吧？

「喵嗚！喵嗚！」

「是，是，我正準備殺了他們，」利牙對三花說，接著他嘆口氣，轉回來面對我們說，「告訴你們，地球貓真沒耐性。」

「也許你可以趕在克勞德抵達以前殺了我們，」巴克斯說，「可是等他到了以後，他會直接把你丟回你所屬的哈姆史德。」

「不，等那個軟弱的貓族抵達，他會被送到他所屬的地方：他的墳墓！」利牙說，「陷阱已經設好。只要有未經授權的飛行器進入大氣層，第87個月亮的反入侵雷射衛星會立刻發動攻擊。」利牙對我們齜牙咧嘴。「因為這個系統是威斯苛自己設計的，他以為自己可以用密碼來解除武裝。可是，多虧澎澎毛，那個密碼已經不再是祕密了。」

我和巴克斯轉向澎澎毛。「嘿，別怪我！背叛

某人的時候，放棄密碼是**很平常**的作法。」

　　「威斯苛一弄密碼的時候，雷射衛星不會解除武裝，反倒會把他**化成氣體消失不見**！」利牙吃吃笑。「那該有多精彩啊──威斯苛被自己所創造的東西毀滅！」

　　我覺得膝蓋發軟。也許澎澎毛說得沒錯。我們可能真的都會死在這裡。

第 42 章

　　我當然知道利牙會為我設下圈套，而且我也知道會是什麼陷阱。澎澎毛肯定把我的識別密碼告訴他了，而利牙一定會在我輸入密碼時，讓系統反過來攻擊我。那個瘦巴巴的壞蛋有所不知的是，我另創了一個**隱藏**密碼——連澎澎毛也不知道。我迅速輸進系統裡，星獅衝過那些武器衛星，躲過了偵查。

　　「耶！」我們進入第 87 個月亮的大氣時，佐歌嚷嚷，飛越太空真好玩！」

　　我們全速衝向鈦碉堡。抵達之前，我放開了吸住佐歌球體的繫鏈。她的球體猛力撞上地面，像顆蛋一樣裂開。我怕這樣強大的撞擊會傷到鯊魚軍閥，可是並沒有——她好端端的。

　　「佐歌自由了！」她抬頭朝著懸浮的星獅大喊，「現在，小貓皇帝要我毀滅什麼？」

　　「**那個**。」我往下向她呼喚，指著鈦碉堡。

　　真鯊迅速遵從我的指令。她一口咬進碉堡的鈦屋頂，像貓食罐頭的蓋子那樣拉開。我立刻看到所有的敵人——還有我的一個朋友。

拉吉！

第 43 章

外面某處傳來一聲巨響，地面震動起來。

「那是什麼？」利牙質問。

我們全都東張西望，緊張兮兮。這個瘋狂的金屬建築沒有窗戶。接著傳來更大的聲響——是金屬被扯開的恐怖尖鳴。幾秒鐘過後，整個天花板被掀開，我們正盯著跟我家一樣大的真鯊。

是佐歌！她在這裡幹麼？她過來是要吃掉我們嗎？接著，我注意到盤旋在她上方的太空船。

澎澎毛倒抽一口氣，利牙一臉像是看到鬼一樣。

「那是什麼？」巴克斯問。

「那個，」利牙吐口水問，「就是星獅。」

「誰在裡面？」我問。

「你猜。」澎澎毛說。

艙門打開，走出來的是：

克勞德！

第 44 章

所有的人都一臉敬畏的盯著我，除了那個野蠻三花和她兩個可悲的兄弟——他們急急忙忙逃走了。那些儒夫！

「人類！」我下令，「抓住那些小貓！」

他愚蠢的猶豫片刻，然後拔腿追了過去——如果你可以形容人類那種動作叫奔跑。他們為什麼只用四肢裡的兩肢呢？真教人想不通。

謝天謝地，那條狗也追了過去。我知道那條笨狗的凶狠嘴顎和男孩的蠻力，足以制服那隻三花和她兄弟。我只害怕那三隻小貓會智取他們。

同時，佐歌將利牙逼進死角，利牙朝我的方向哈氣、吐口水。我正準備出言侮辱他，這時聽到一聲叫喊，來自更令人厭惡的生物：我那不忠的嘍囉。

「噢主人，尊貴無邊的主人萬歲，」澎澎毛說，「您及時趕到這裡了！」

星獅的行動呼應了我殺氣騰騰的思緒，將可以將人化為氣體的砲管瞄準了他毛茸茸的臉。

「不忠的奴才！」我怒吼，「告訴我，星獅為

什麼不該將你轟成粉塵？」

澎澎毛畏縮一下。「您為什麼這麼生氣？」他說，「貓咪總是彼此背叛的啊。」

「是，而你已經背叛我**兩次**了！你想，該讓你活到可以背叛我第三次嗎？」

星獅朝澎澎毛射出兩道雷射光。一道烤焦了他的尾巴尖端，另一道擊中了他腳掌附近的地面，逼得他彈跳起來。

「拜託，饒了我，噢慈悲的主人！」

我當然永遠都不會殺掉澎澎毛，但也絕不會放掉嚇唬和羞辱他的機會。不過，在我能夠做更多這種事以前，空氣中灌滿人類的痛苦尖叫和狗族的可悲短號。

可惡！難道我**什麼**都得親自出馬嗎？

第 45 章

老天，那些小貓的動作還真快！當我們終於漸漸追上他們的腳步——至少巴克斯是——他們就消失在濃密的森林裡。幸好那片森林的樹木都超級矮小，我的視線可以越過樹頂望進去。森林的遠方有片空地，中央停著一艘非常大的太空船。

巴克斯衝進矮叢去追小貓，而我盡量以最快速度在樹木間狂奔。我搶在大家之前抵達空地，伏低身體，準備撲襲先出林子的小貓。

是三花。她從森林裡衝出來時，太空船響起一聲嗶，燈光閃了閃亮起，艙門啪的打開。

她衝向自己的太空船時，我朝她撲去，勉強揪住了她尾巴。

她痛到大叫，弄痛她讓我很過意不去——不過只維持了一下。因為她猛的轉身，用針似的小小爪子劃過我的臉。接著狠狠咬了我的手。我放聲尖叫，鬆開了手。

我想我**沒辦法**輕易制服貓咪。

那隻小貓又往太空船走了一段路，巴克斯才從

叢林裡衝出來，撲倒了她。她用所有的爪子巴住他的口鼻，用牙齒扣住他的耳朵。一定很痛，因為我從沒聽過巴克斯發出那樣的哀號。

接著三花的兄弟們也到了：一隻抓住巴克斯的尾巴，另一隻跳到他的背上。巴克斯痛得大叫時，我突然想起我的貓柔術訓練。我伸手揪住他們的頸背，把他們拎起來。他們立刻全身癱軟。

克勞德從森林裡衝出來。「快抓住三花，你這個大而無用的妖怪笨蛋！」

「可是我的手都滿了！」

一見到克勞德，三花發出憤怒的號叫。但她沒轉過來攻擊他——而是從巴克斯的臉跳下來，衝進了太空船。

「她要逃走了！」克勞德大喊。

巴克斯追了過去，但艙門砰的往下關起，差點撞上他的鼻子。他往後踉蹌時，太空船發出震耳欲聾的吼聲，暴衝離去。

「你這蠢蛋！」克勞德嚷嚷，「你竟然放她走了！」

巴克斯的尾巴一垂。「我已經盡力了，我貓辦法抓到她，」他說，「克勞德，抓到笑點了嗎？**沒**

156

辦法？貓辦法？」

但克勞德已經消失在灌木叢中。巴克斯轉身跟了上去。

「嘿你們，等等啊！」我呼喚。

他們等都不等。

我沒辦法像之前跑得那樣快，因為我還抓著那兩個兄弟。等我走出迷你森林時，克勞德的尾巴已經消失在星獅裡。這一次，巴克斯成功趕在艙門關上前上了船。他撐開艙門，澎澎毛也跳進船裡。

「快，拉吉！」澎澎毛呼喚，「爬上來！」

「我應該拿這兩個怎麼辦？」我高舉那雙灰貓兄弟問。

「佐歌會帶他們去利牙那裡一起看守！」眞鯊說，「你們去打敗那個調皮斑點貓咪，然後快點回來！」

我把兩隻貓咪拋給佐歌，然後拔腿衝進克勞德的船裡。

裡面**眞的**很擠。

「你們都擠進來幹麼？」克勞德哈氣，「滾出去！星獅是靠腦波運作的。你們三個的愚蠢加起來，會害它的系統失靈！」

「你不能把我們丟在這裡！」我說。

「對啊，這個你丟我撿遊戲，我才不想錯過，」巴克斯說，「現在，去追那隻小貓吧！**汪、汪！**」

太空船升空懸浮，然後**暴衝出去**！我們移動的速度很快，第87個月亮遠遠落在我們背後，看起來就像個小點。片刻之後，我就完全看不到它了。

好酷喔！

「老團隊的成員又相聚了！」澎澎毛說，「克勞德團隊！令人聞之喪膽的四人組！」

「善良男孩！」巴克斯說。

克勞德立刻咳出一顆毛球，但這說來也沒錯。當初我們四個一起到無垠去，多虧有我們，克勞德才能順利登基。

不過，這一次我並不是在地下室，用 VQ 頭罩控制機器貓——我真的在一艘太空船裡！

這肯定會很**好玩**。

第 46 章

「擦擦你們的腳掌！把你稱作『腳』的噁心足部清乾淨，」我怒吼，「你們把星獅弄得**汙穢不堪**！」

他們不請自來眞教人憤慨。我的爪子發癢，眞想按下**彈射**按鈕將他們驅逐出去。

「我眞不敢相信我搭上了眞正的太空船！」男孩妖怪說。

「等等，你們人類不是人人都有太空船喔？」澎澎毛問。

「人類這麼原始，不是很有意思嗎？」那個犬族笨蛋說，舔了男孩妖怪一口。

我再也無法忍受他們說無腦廢話了。「如果你們這些笨蛋**堅持**要留在這裡，至少也發揮一點用處，」我低嘶，「找出那個混帳小貓的太空船！」

「她領先太多了，」巴克斯嗅著空氣說，「連**我的**鼻子都聞不出她的蹤跡。」

「三花的船是靠分裂反應來運轉的，」澎澎毛說，「所以一經過就會留下輻射軌跡，我可以在地

理向量器上追蹤。

「那就別再講話，快動手！」我吼道。

我的前任嘍囉迅速設定了 3-D 地圖，顯示了小貓太空船的路徑。雖然他是個會暗箭傷人的蠢蛋，但他真的有寫程式的天分。

「她正準備穿過貝諾楊小行星帶，」巴克斯檢視地圖說，「真的超前滿多的。」

「我們難道不能穿過蟲洞，立刻出現在那裡嗎？」男孩人類問。

「真是蠢問題，」我說，「連還在吸奶的幼幼貓都知道，一整艘太空船無法穿過蟲洞。」

看到人類的「感受」受傷了，巴克斯立刻接話：「別聽他的，拉吉。就像好狗大師說的，**沒有蠢問題，只有蠢貓咪**。」

我不理會他。「我們有星獅時，不需要蟲洞。」我說著便將飛行器調整到曲速 9。

「噢，小老弟，你速度最好放慢點」狗警告，「記得新的宇宙速限嗎？雖然追上三花很重要，但安全**更**重要唷。」

「閉上你流口水的嘴巴！」我下令。

不久之後，我們抵達了赫扎提銀河。三花的太

空船已經近到星獅的感應器能鎖定它了。我發動了第一串致命的轟炸。小貓一一閃躲，以令人折服的速度回擊。

我的心怦怦狂跳，鬍鬚震顫不停。我覺得自己**朝氣蓬勃**！

三花的雷射導彈有三枚找到了目標，但都被星獅防禦護盾輕鬆的擋開了。我轉到右側，加快速度——

「不可以從右側超船，克勞德！」我迅速衝過我獵物的旁邊時，巴克斯說，「那也在新的太空行路宇宙安全法規裡。」

我對著那條笨蛋狗低嘶，然後迴轉過來，直接朝著三花的導航系統開火。奇蹟似的，她閃過了我的砲擊。我在學院受訓的歲月，讓我成了宇宙中優秀的太空戰將之一，但三花天生的本能真是令人佩服。

我才以為自己成功困住她，她就再次逃出生天。不過，我完全不因為她天賦異秉而覺得氣餒，反倒相當享受追逐的滋味。說到底，來得太簡單的勝利，是無法好好品嘗的。

「嘿，那個巨大的東西是什麼？」男孩妖怪指

著投影地圖上的一個大團塊問，「而且它在幹麼？」

「那是眞德菲垃圾船，」澎澎毛說，「要把河馬星球上的垃圾全部丟進太空。」

「我不是要你簽署那條反傾倒法律嗎？克勞德。」巴克斯噴了幾聲說。

聽到他的責難，我猛甩尾巴。可是在飄浮廢棄物之間閃躲和穿梭時，我不得不承認──這眞的讓人很想吐。這些垃圾到底是怎麼回事？那些骯髒成性的河馬難道沒聽過**減量、再利用、回收**嗎？

更糟的是，我快追丟三花貓了！

「要是她逃出赫扎提銀河，整個贊諾提象限就只能任她遨遊，」澎澎毛說，「我們就永遠逮不到她了。」

「等等──為什麼她的那個點好像不動了？」男孩妖怪說。

那是因為運氣之神插手了！我們接近三花的飛行器時，看到她被困在一大團太空塑膠當中。

「她就像困在網子裡的蒼蠅，」我發出呼嚕聲，「插翅難飛，嘗嘗我的碎解雷射光吧！」

「克勞德，等等！」男孩妖怪嚷嚷，「你該不是要炸掉那隻小貓吧？」

「當然不是了！」我說，「我是要**碎解**她。你沒在聽嗎？星獅，**攻擊！**」

星獅威力最強的武器立刻將四周照得一片燦亮。我閉上眼睛抵擋光線。等我睜開眼睛的時候，一切又暗了下來。

而且空蕩蕩的。

就這樣，三花不復存在。她的太空船不留一絲痕跡——那一大團太空塑膠也一樣。

我得意洋洋的炸蓬尾巴。「勝利屬於我！」我嚷嚷。

「哇，」澎澎毛說，「我真不敢相信。」

第 47 章

我也不敢相信。我的貓剛剛碎解了一隻小貓，是他從我社區某個花園棚屋救回來的那隻。我是說，確實，她基本上是全宇宙最凶惡的動物，可是**還是……**

「詔令＃417，」克勞德宣布，「**從今起直到永遠，這個日子永遠要標記爲星際節日，就是所謂的戰勝斑點壞蛋日！**」

我有點不知道該作何感想。我爲那隻小貓覺得好難過。澎澎毛看來也快要哭的樣子，如果貓咪真的會哭的話。

「我知道她超級邪惡，可是她只是隻小貓啊，」他說，「無辜的野蠻地球貓。您真的非得殺她滅口嗎？噢惡意滿滿的奸王？」

克勞德猛甩尾巴。「你何必替她著想？那我的感受呢？你荒唐的表達了遺憾，破壞了我的勝利時刻！還有你——犬族——別再發出討厭的吸鼻子聲了！」

我望向巴克斯。他的眉毛上下抖動，鼻子高高

探向空中。

「好老弟，你確定你碎解了小貓女王嗎？」他問。

「當然啦！」克勞德說，「星獅有宇宙中最精細的偵測系統，它說她的太空船不留一絲痕跡。」

「其實，克勞德，」巴克斯說，「我的鼻子才是宇宙中最精細的偵測系統，它聞到她**就在我們背後！**」

我們聽到遠處傳來一個聲響——接著**砰轟！**巨大的撞擊讓我們全都跌到太空船前側。巴克斯將克勞德撞出了駕駛座。

「感覺像是短程的佐哈賓炸彈射線，」澎澎毛邊說邊站起來，「三花的太空船上有。」

克勞德爬回自己的椅子裡。「怎麼會發生這種事？」他吼道。

我看著投影地圖，四處都找不到小貓的太空船。克勞德大喊，「星獅，射擊！」可是他的雷射砲全都無法運作。

「我們的中央武器核心剛剛遭到重擊，小老弟，」巴克斯說，「我們的雷射砲卡住，力場往下降到 81 趴了！」

「即使我們**可以**發射武器，」澎澎毛說，「我們也看不到她的在哪裡。」

克勞德的耳朵平貼在腦袋上。「那個斑點毛皮小恐怖分子是怎麼變**隱形**的？」他喊道。

「唔，」澎澎毛說，「可能跟實驗性的暗黑物質遮蔽系統有關，是我前一陣子裝在她船上的。效果還不錯吧？」

我從未聽過克勞德這樣吼過，我都開始覺得有點不安了。克勞德拯救我們之後，我還以為我們安全無虞了。可是現在，以分裂反應作為動力的隱形太空船，用**什麼什麼的**死亡射線來轟炸我們，而那艘船由嗜血小貓操控，我一點也不覺得安全。

星獅再次受到攻擊，炸彈射線這次來自上方，將我們撞得各自摔向太空船的不同角落。

克勞德從地上跳起來，哈了氣。「現在你們都明白，我為什麼想置那隻小貓於死地了吧？」他說，「你們這些軟心腸的笨蛋！」

「推進器停擺了，」巴克斯說，「力場降到 73 趴。」

又一次轟擊，克勞德失去了他跟星獅之間的虧機電波連結。巴克斯和澎澎毛改成手動操控太空

船，但他們也無計可施。星獅徹徹底底癱瘓了。

　　小貓一定關掉了暗黑物質遮蔽系統，因為我們突然又能看到她的太空船了。我驚恐的看著她飛行器底部的巨型太空砲管，朝我們的方向轉來。

　　「嗨，克勞德，我們的下一步怎麼走？」我問。

　　「我們的『下』一步？」克勞德說，對我瞇細眼睛，「**什麼下一步？**」

第 48 章

　　如果我不得不吃敗仗，我很高興是被三花打敗。她是我所碰過最凶殘的勁敵，而當初訓練她的是我。小貓女王讓我心中湧現與有榮焉之感，當然也為我自己感到驕傲。

　　我不可思議的人生故事就這樣結束，我可以平心接受。說到底，無論是一生，或**十億次**的人生，一隻貓還能有更輝煌的成就嗎？

　　我以鐵掌統治過砂盆星，替全宇宙最悲慘的星球增光，停留的時間遠超過它所應得的——是的，地球，我說的就是你——然後成為百萬年來第一隻登基為宇宙皇帝的貓族。連喵嗚米提茲都不曾到達這樣的高度！

　　唯一可惜的，就是我必須跟這群蠢蛋，共度我人生最終的時刻。

　　「抱住我，噢偉大的主人！」澎澎毛喊道。

　　「想都別想！」我低嘶，一道雷射轟炸搖撼了星獅。

　　「力場降低到 21 趴了，」巴克斯說，「我想

我們到時在空中的大枯骨院裡見了，好兄弟！」

「你的**舌頭**離我遠一點！」我喊道。接著又一道雷射擊中太空船，撞得笨蛋狗失去平衡，他的舌頭直接跑進我的嘴裡「**啊啊啊啊啊！**」我吐了口水罵。

力場變得更弱了。

男孩妖怪伸出手，摸了摸我的皮毛。他的眼睛在滲水。

「克勞德，如果事情到此結束，」他說，「唔，我想說你是一個孩子所能擁有，最棒的寵物了。」

我正準備痛罵他一頓，但一時打住。「不，拉吉，」我說，「你才是**一隻貓**所能擁有，最棒的寵物了。」

砰轟！

「力場只剩兩趴。抓穩了，伙伴，」巴克斯說，「再轟炸一次，我們就完蛋了。能夠跟你們三位一起服務宇宙，是我的榮幸。」

「放馬過來，三花貓！」我吼道，傲然的高舉尾巴。

但出乎意料的事情發生了。

空氣中充斥著高亢的嗡嗡聲，成千上萬的迷

你太空船咻咻飛過我們身邊。他們匯聚在三花的船上，像雲一樣從四面八方包圍住它。片刻之後，那朵雲爆出一陣細如針孔的雷射光。

巴克斯發出歡喜的號叫。「是皇家維和部隊！」他說，「老鼠軍團來拯救我們了！」

　　「拯救我們？怎麼個救法？」我吐了口水說，「他們**又沒有**武器！他們手上只有高級化的雷射筆。他們要怎麼辦？讓三花**分心**到屈服為止嗎？」

　　「您會這麼說，真有趣，噢無所不知的大王，」澎澎毛說，「因為那正是他們在做的事。」

　　成千上萬跟鬍鬚一般細的老鼠雷射光，在小行星和我們四周漂浮的太空垃圾上閃動不停。而三花的太空船企圖在那些東西上跳躍。

　　「現在，就是我所謂的真正的貓抓老鼠遊戲！」巴克斯說，「你們抓到笑點了嗎？因為她是——」

　　「安靜！」我喊道，「不然你會希望當初那隻小貓把你給炸了！」

　　「哇，她動個不停，快要耗光她裂變反應的燃料，噢強大的君王，」澎澎毛說，「她會耗光發射武器所需要的動力，她的推進器看來也幾乎無力回天了。」

　　「那她為什麼不停止追著那些雷射光跑呢？」人類說，「不過還滿俏皮的就是了。」

「你可以把小貓帶離地球，卻改不了她的本性。」我喜孜孜的說。

　　「我就說這些老鼠很不錯吧。」巴克斯說。

　　「噢是的，」我說，「他們肯定很可口！」

第 49 章

　　當三花的太空船終於耗盡動力時，維和老鼠以亮藍色的拖曳光束網住那艘太空船，開始將它拉走。既然星獅受損嚴重，他們也必須拖著我們走。

　　我們先抵達第 87 個月亮，瑪菲正在那裡等我們。她直接走到我面前，將鼻子塞到我的——

　　「你聞起來就跟我想的一樣美妙，拉吉！」她說。

　　「瑪菲同志，你怎麼找到我們的？」巴克斯開心的直喘氣。

　　「都是因為你的太空行路安全動議，首相。」瑪菲說。

　　顯然，星際警察雷達相機接收到星獅的瘋狂高速，向巴克斯的太空巡警狗伙伴，通報我們在眞德菲河馬垃圾場的位置。

　　「要不是因為你以幾百萬英里的時速，超過速限，我們永遠不會找到你們，」犬群首領對克勞德說，「對了，這是你的超速罰單。」

　　克勞德哈氣。

接著，佐歌朝我們笨重的走來。

「嘿，各位，都還好嗎？」她問，「佐歌好寂寞喔！」

克勞德環顧四周。「囚犯到哪去了？」他質問。

「噢，你是說利牙和小灰貓嗎？」她問，「佐歌餓了，佐歌吃掉他們了。」

我倒抽一口氣，巴克斯瞪大眼睛。

連克勞德都一臉驚恐，表示這真的滿嚴重的。

「你……吃了……我的**死敵**？**還有**那些小貓？」克勞德問。

佐歌打了嗝，一臉難為情。接著她咧嘴露出大大的——我是說真的**很大的**——笑容。「佐歌在開玩笑啦！佐歌把壞貓貓關在地牢裡。可是那個調皮的斑點貓咪呢？」

就在那時，三花的太空船出現在空中，還有上千艘拖著它進來的迷你鼠船。三花的船碰到地面時，克勞德壓平耳朵，猛甩尾巴。我對這件事有不好的預感。

第 50 章

　　那些老鼠引導三花的貓在鈦碉堡的廢墟中降落。我不得不承認，巴克斯先前說那些老鼠有多勇敢，確實說對了。我一定要用獎章來裝飾他們每個可口的小小身體。

　　降落之後，小貓太空船的艙門旋即彈開，迎面即是她一貫的喵喵叫和桀傲不馴。

　　「**喵嗚**！喵嗚、**喵嗚**！」

　　「這件事交給你們的皇帝來處理就好。」我說著便大步穿過整群老鼠，尾巴蓬得不得了。

　　「別碰那隻小貓，克勞德，」巴克斯擋住了三花太空船的出入口說，「她現在是我的囚犯了，她有權利。」

　　我吐了一口口水說。「她唯一的權利就是，四肢一根根被扯斷！」

　　「抱歉，老弟，」巴克斯說，「可是 GAG 當初做的第一件事，就是廢除死刑。」

　　「太荒唐了！」我怒吼，「你想我們應該拿那個可惡的野獸怎麼辦？送她到哈姆史德，跟利牙一

起繞著圈圈跑？那個野蠻的小東西可能會覺得那樣**滿享受**的。」

「噢，不，我永遠不會讓那種事發生的，」巴克斯說，「她年紀太小了。青少年不能到監獄星球上。」

他的蠢規定難道**沒有止盡**嗎？

我提出了幾個恰當且富想像力的懲罰方式。但我只要提議一項酷刑，巴克斯就會舉出某個荒唐理由，說那為什麼違法。

「唔，把她的鬍鬚一根根拔掉，這點我們**至少**有共識吧？」我說。

「抱歉，」巴克斯說，「那樣違反良善行爲通則的動物權利修正案。」

我們僵持不下。我考慮要越過那條笨蛋狗，親手痛毆三花。老鼠軍團會轉而攻擊我嗎？我可以吃個十隻嗎？一百隻？要是我可以一邊配著牛奶沖下肚該有多好。

不過，我還來不及行動，某人就提出了完美的懲處——是我和首相狗都贊同的。令人震驚的是，那個某人就是男孩妖怪。他的點子是什麼？就是把小貓和她的兩個兄弟送回地球。

「那是他們眞正的歸屬，」他說，「我是說，如果他們當初沒跟利牙一起搭便車到砂盆星，就不會發生這些事情。除非他們可以弄懂怎麼雇請維蘭朋黏液殺手，否則三花和她兄弟不可能再離開地球，闖出更多禍來。」

「他們會到好的家庭去嗎？」巴克斯問。

「噢絕對的，」男孩妖怪說，「阿己會幫他們找到很好的家庭。」

「誰是這個阿己？」瑪菲問。

「噢，她是人類裡面最有智慧也是最了不起的一個。」巴克斯說。

我和這條黃色傻狗難得所見略同。

我之所以同意對這些小貓的判決，主要是因為我透過親身體驗得知，沒有比被放逐到地球、被安置在妖怪屋子裡，更殘忍或更不尋常的懲罰。

班內傑一家的房子——當然是例外。不只不殘忍，其實，還滿不錯的。

這種事情我**絕不會**大聲說出口。

第 51 章

　　講起阿己，我才意識到我爸媽一定在幾個小時前就到機場接了她。想當初克勞德失蹤時，爸嚇得魂飛魄散；我無法想像，要是他到家卻發現我不見了，他會有多驚慌。

　　我找到澎澎毛，告訴他我真的得透過瞬間移動回地球了。

　　「噢，你們妖怪體型太大，沒辦法，」澎澎毛說，「你肯定會在瞬間移動器裡炸開，到時你的原子會散落在十億光年的太空裡。」

　　「真的嗎？可是……克勞德本來不是想用瞬間移動器把我送回砂盆星嗎？當時他還想重新征服那裡？」我說。

　　「是啦，唔，偉大的君主一向不怕風險，」澎澎毛說，「不過，你還滿幸運的，我一直在研發一個實驗性的新蟲洞旅行裝置。我稱它為**人類發射器**，很琅琅上口吧。」

　　「呃，有多實驗性？」

　　「噢，你死在裡面的機率很低，」澎澎毛說，

「大概百分之十的機會吧，最多百分之二十五而已。」

聽起來勝算不是很高。可是既然我遠離地球六兆光年，連星獅都沒辦法在太陽滅絕以前將我送回地球。所以看來我別無選擇。

我連忙跟大家道別。

「佐歌會想念好笑的小人類！」她說，「你比毛茸茸的動物英俊多了。」

向巴克斯說再見總是傷心，可是感覺我們不會離別太久。他也有東西要讓我帶回地球。

「這是頂級超高科技的 G11 囚犯運輸箱。」巴克斯說。

跟一般的貓提籠差異不大，只是因為裡頭的咆哮、低嘶和打架而搖晃不停。

澎澎毛在我身上蹭了蹭，正準備說再見時，被克勞德打斷了。

「這種可悲的多愁善感也夠了！朕的肚子餓得咕嚕叫，地球上肯定有奶豆腐在等我。我們非走不可——**馬上**。」

澎澎毛架好人類發射器，準備將它的射線瞄準我。

「好了，」我說，「所以你**確定**這個不會——」

綠色閃光！

他難道不能先警告我一下嗎？

彷彿搭乘世界上最可怕的雲霄飛車，讓人腸胃天翻地覆。我整個昏頭脹腦，無法呼吸。**接著**⋯⋯

我就回到家了。在地下室，貓砂盆裡。大小其實不大適合我。然後又一陣綠色閃光。是克勞德！

「快**出去**，你這個大蠢蛋！」他說，「你害我的指揮中心屋頂都裂開了！」

我踏出貓砂盆，將頂蓋從我的腦袋上拔下來。又有一道綠色閃光，是那些小貓們。

「看吧，**又**來了。」我聽到我媽在樓上說。

接著我聽到阿己的聲音。「克里胥，你是一家之主，難道不能處理這個問題嗎？」

「能不能至少等早餐過後再說？」爸說，「等等，怎麼會有喵喵聲？聽起來不像克勞德。」

我拚命要讓小貓安靜下來，這時樓上的門打了開來，大家開始走進地下室。

「拉吉，下面是怎麼回事？」爸說。

「莫麻嘎！」阿己注意到那只貓提籠說，「這

是什麼？新的四腳朋友嗎？」

　　我不得不臨機應變。我跟他們說，半夜左右，我聽到花園棚屋很吵，一出去就發現裡頭躲了這三隻流浪小貓。「他們對我又抓又咬，」我說，「可是我真的想抓到他們，因為我知道你可以幫他們找個好家，阿己。」

　　「我當然可以幫忙，拉吉，」阿己說，往籠子裡瞧，「哎唷，他們真是活力充沛的小傢伙，對吧？」

　　「我覺得他們滿可愛的，是吧，克勞德？」

　　克勞德狠狠抓了爸一把，爸的眼鏡都掉了。

　　「拉吉，克勞德的砂盆看起來為什麼像電子回收桶？」媽說。

　　真是個好問題。

　　「嗨……嘿，爸！你讓阿己試吃過你的酸菜沒？」我說，轉換話題，「你一**定**要試試康普茶，阿己。那個超棒的！」

第 52 章

一切都非常順利。

小貓們走了，男孩妖怪向我保證，他們被所能想像最糟的妖怪收留。

利牙回到了哈姆史德，注定餘生在金屬巨輪裡跑個不停，繞著那顆星球轉啊轉。為了跟他作伴，艾克隆也被放在那裡。

佐歌並未加入他們的行列。她證明了自己是非常有用的盟友，於是我指定他成為我個人在宇宙議會上的代表。由幾千億個銀河裡最致命的動物替我代言，哪個 GAG 部長敢反對我的意見？

不過，最棒的轉折則隨著我的嘍囉而來。

澎澎毛不在砂盆星上的時間，提提米發動了政變，讓自己登上了統治大位。現在澎澎毛必須服侍他跟他荒謬的大舌頭，這點一舉證明，嘍囉會帶來的麻煩遠超過他們的價值。

除了這些事情，還有阿己放在食物冷卻裝置裡的三盒奶豆腐。

呼嚕嚕。

遺憾的是，我正準備進入勝利小睡時，通訊器響起。是宇宙中唯一能致我於悲慘境地的那個生物。

「你這個煩人的笨蛋狗，有何貴幹？」

「嘿，**呼帝**。抓到笑點了嗎？呼帝？皇帝？因為你會**呼嚕叫**。」

「我現在沒在呼嚕。」

「唔，總之，我只是想說，真高興我對你的信任有了回報。我就知道，我們攜手合作，就可以開始把這宇宙中的邪惡，化為無止無盡的美善彩虹！」

嘔！嘔！

「你已經跟我說過很多次了，」我說，「現在你又想幹麼？」

「唔，我不想破壞驚喜，可是你記得當初失去太陽的那些刺蝟嗎？唔，我們替他們找到完美的星系了，我們要為他們的新星球舉辦一場剪綵典禮！」那個笨蛋搖著尾巴。「那不是很棒嗎？最好開始寫你的演說稿嘍！」

可惡！

尾聲

擁有一隻貴為宇宙皇帝的貓，或是在搭乘迷你太空船的幾千隻老鼠解救下逃過死劫，如果有任何事情比這兩件事情都更怪，那就是蠍子現在對我滿好的。

唔，也許不算好。我是說，他還是叫我老鼠，而且只跟我擊掌過那麼一次，可是他現在在學校走廊上遇見我，不再出言羞辱我了。也許跟他身上的那些抓傷有點關係。

「你想你需要上醫院嗎？」我說，「你的手腫得很厲害耶。」

「我爸昨天帶我去急診了，」蠍子說，「我得了貓抓熱！醫生要我吃抗生素。」

把小貓們給他，是阿己的點子。「上次那個瘦巴巴的男生，超喜歡我食物的那個，」她說，「看起來他需要更多愛。」

蠍子的爸爸也同意了，並且願意三隻一起領養。

「老鼠，那些小貓壞透了，」蠍子揉著下巴的

一個咬痕說，「尤其是有斑點的那隻，連暴龍都怕她，暴龍還是九十多公斤的大丹狗耶。」

我有點替他，還有替暴龍難過。「你知道的，蠍子，我想我們一定可以另外替他們找個家，如果你——」

「什麼？才不要！」他打斷我。「我超愛他們的！我**沒**碰過比那隻三花更酷的寵物！」

下一次我見到蠍子時，他正在分發印好的《書蟲號角》。

〈缺乏原則的廁所觀點〉是頭條新聞，確實也發揮了作用。親師會開了會，決定原本要整建華麗新大廳的預算，拿來改善廁所設施。棕點校長必須自掏腰包，支付他個人廁所的翻修費用；更好的是，全校每個人現在都可以去用他的廁所。

不過，《號角》最受歡迎的報導，並不是我們那篇，也不是蠍子列出十一種最糟學校餐點的那篇，更不是伊莫珍和艾拉的星座運勢。而是史提夫的漫畫。他終於為四格漫畫想出了沒有其他人做過的點子。

「我們參加營隊時，你跟我們說克勞德是外星人，我的點子就是從那裡來的，」史提夫得意的說，

「你們記得嗎？」

「我怎麼忘得了？」雪松說，「我那時就開始懷疑，我是不是真的可以跟這個傢伙當朋友。」她用手肘戳戳我的肋骨。

至於最愛這篇漫畫的人是誰？

唔，他根本不是人。

他是隻貓。

「終於！這個如同文化荒漠的星球，終於有了點優質的作品，」克勞德讀了第一百次之後說，「告訴我，這個史提夫——他肯定是所有人類裡，最有智慧、最了不起的一個吧？」

「不算。」

克勞德哈氣。「你又知道些什麼了？臭妖怪？」

「我知道你是個好朋友，克勞德。」我說。

「真是毀人清譽的侮辱！」他說，「令人作嘔。我現在要離開了。」

可是就在他大步穿過走廊時，我聽到他發出了呼嚕聲。

故事 ++

邪惡貓大帝克勞德 6：星際終局之戰

文　強尼‧馬希安諾（Johnny Marciano）
　　艾蜜麗‧切諾韋斯（Emily Chenoweth）
圖　羅伯‧莫梅茲（Robb Mommaerts）
譯　謝靜雯

社　　長　陳蕙慧
副總編輯　陳怡璇
主　　編　陳怡璇
編輯協力　胡儀芬
美術設計　貓起來工作室
行銷企劃　陳雅雯、余一霞

讀書共和國集團社長　　郭重興
發行人兼出版總監　　曾大福

出　　版　木馬文化事業股份有限公司
發　　行　遠足文化事業股份有限公司
地　　址　231 新北市新店區民權路 108-4 號 8 樓
電　　話　02-2218-1417
傳　　真　02-8667-1065
E m a i l　service@bookrep.com.tw
郵撥帳號　19588272 木馬文化事業股份有限公司
客服專線　0800-2210-29

印　　刷　呈靖彩藝有限公司
2022（民 111）年 10 月初版一刷
定　　價　350 元
I S B N　978-626-314-283-1

國家圖書館出版品預行編目 (CIP) 資料

邪惡貓大帝克勞德 6：星際終局之戰 / 強尼 . 馬希安諾 (Johnny Marciano), 艾蜜麗 . 切諾韋斯
(Emily Chenoweth) 作；羅伯 . 莫梅茲 (Robb Mommaerts) 繪圖；謝靜雯譯 . -- 初版 . -- 新北市
：木馬文化事業股份有限公司出版：遠足文化事業股份有限公司發行，民 111.09，194 面；
15x21 公分 . --（故事 ++ ）
譯自：Klawde : evil Alien warlord cat #6
ISBN 978-626-314-283-1(平裝)
874.596　111007489

特別聲明：有關本書中的言論內容，不代表本公司／本集團之立場與意見，文責由作者自行承擔

感謝您購買 **邪惡貓大帝克勞德 6：星際終局之戰**

為了提供您更多的閱讀樂趣，請填妥下列資料，直接郵遞（免貼郵票），
即可成為小木馬的會員，享有定期書訊與優惠禮遇。

為了感謝大小朋友的支持，2022 年 12 月 31 日前，填寫問卷並寄回，
我們將抽出 3 名讀者，就有機會得到小木馬童書一本。

一、基本資料

小讀者姓名：＿＿＿＿＿＿＿＿＿＿　性別：＿＿＿＿＿＿＿＿

小讀者年級：□國小　　　年級　　□國中　　　年級

家長資料

姓名：＿＿＿＿＿＿＿＿＿＿＿＿＿

家長電話：＿＿＿＿＿＿　電子郵件：＿＿＿＿＿＿＿＿

地址：＿＿＿＿＿＿＿＿＿＿＿＿＿＿＿＿＿

■您從何處得知本書訊息（可複選）

　□書局　□書評　□廣播　□親友推薦　□小木馬粉專

　□特定網路社群 / 粉專　　　　　　□其他

二、請小讀者針對本書內容提供意見

■請問你花了多少時間閱讀這本書？＿＿＿＿＿＿＿＿＿＿

■請問你覺得這本書的字數如何？□太多字了　□太少字了　□字數剛剛好

■以下形容，何者是你閱讀這本書的心情和感受？(可複選)

　□好笑 □神奇 □意想不到 □悲傷難過 □枯燥 □意猶未盡 □想分享給同學

　□其他

■看完這本書，你最喜歡哪個角色？想跟他說什麼呢？

＿＿＿＿＿＿＿＿＿＿＿＿＿＿＿＿＿＿＿＿

＿＿＿＿＿＿＿＿＿＿＿＿＿＿＿＿＿＿＿＿

■請用一句話描述讀完這本書的心情？

＿＿＿＿＿＿＿＿＿＿＿＿＿＿＿＿＿＿＿＿

＿＿＿＿＿＿＿＿＿＿＿＿＿＿＿＿＿＿＿＿

請沿虛線對折寄回

231
新北市新店區民權路 108-3 號 3 樓

木馬文化小木馬編輯部　收